LE CHANT DU DRAGON

DU MÊME AUTEUR
CHEZ POCKET

SCIENCE FICTION
Collection dirigée par Jacques Goimard

ANNE McCAFFREY

LA BALLADE DE PERN

LE CHANT
DU DRAGON

Traduction d'Éric Rondeaux

Titre original américain :

DRAGON SONG

Si vous souhaitez recevoir régulièrement
notre zine **« Rendez-vous ailleurs »,** écrivez-nous à :

« Rendez-vous ailleurs »
Service promo Pocket
12, avenue d'Italie
75627 PARIS Cedex 13

PRESSECO

PAPIER RECYCLÉ
NATURE PROTÉGÉE

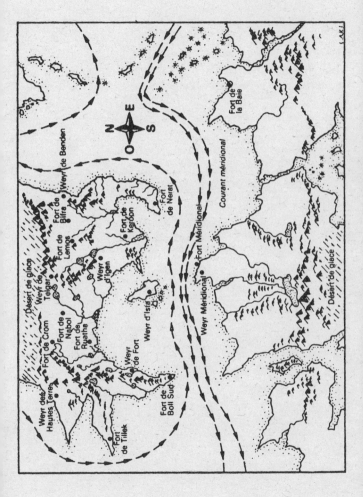

AVANT-PROPOS

Rukbat, dans le secteur du Sagittaire, était une étoile dorée de type G. Elle possédait cinq planètes, deux ceintures d'astéroïdes et une planète errante qu'elle avait attirée et capturée aux cours des derniers millénaires. Lorsque les hommes s'installèrent sur le troisième monde de Rukbat et le nommèrent Pern, ils ne prêtèrent pas grande attention à la planète inconnue, dont la course extravagante et irrégulière oscillait autour de son orbite elliptique fondamentale. Deux générations durant, les colons ne se préoccupèrent presque pas de la brillante étoile rouge, jusqu'à ce que la course de l'astre errant l'amène à proximité de sa demi-sœur, à la périphérie.

Alors, les spores, qui vivaient et proliféraient à un rythme incroyable sur la surface tourmentée de l'Étoile Rouge, lancèrent leurs vrilles dans l'espace et franchirent le vide qui les séparait de Pern. Les spores s'abattirent comme de minces Fils sur la planète tempérée et hospitalière, et dévorèrent toute vie organique sur leur passage, cherchant à s'enfouir dans le sol tiède de Pern, d'où ils pourraient relancer d'autres Fils destructeurs.

Les colons subirent des pertes effroyables, hommes

frappés à mort, récoltes et végétation réduites à néant. Au sol, seul le feu tuait les Fils ; seuls la pierre et le métal étaient capables de les arrêter. Par chance, l'eau les noyait, mais les colons auraient difficilement pu vivre sur les mers.

Les hommes firent appel à leur ingéniosité, récupérèrent les pièces de leurs vaisseaux de transport et abandonnèrent le continent Sud, trop ouvert, où ils avaient atterri, et aménagèrent les cavernes naturelles du continent septentrional. Ils élaborèrent un plan de combat contre les Fils qui comportait deux phases, dont la première consista à élever une variété hautement spécialisée de forme vivante indigène. Les « dragons » — ainsi nommés en souvenir des animaux mythiques terriens auxquels ils ressemblaient — possédaient deux caractéristiques extrêmement utiles : ils pouvaient se déplacer instantanément d'un endroit à un autre par téléportation, et quand ils avaient mastiqué une roche contenant de la phosphine, ils pouvaient émettre un gaz enflammé. Les dragons, tout en se prémunissant, étaient ainsi capables de réduire les Fils en cendre avant qu'ils n'aient touché le sol.

Des hommes et des femmes doués d'une forte empathie ou de quelque capacité télépathique innée furent entraînés à utiliser et à protéger ces animaux étranges, entretenant avec eux une relation intime durant toute leur vie.

Le premier fort, construit dans une caverne sur la face orientale de la grande chaîne des montagnes de l'Ouest, devint bientôt trop petit pour contenir les colons et les grands dragons. Un autre emplacement fut choisi un peu plus au nord, près d'un grand lac, commodément niché à proximité d'une falaise percée de cavernes. Le fort de Ruatha devint surpeuplé à son tour en quelques générations.

Comme l'Étoile Rouge se levait à l'est, on décida de chercher de nouveaux emplacements offrant des conditions favorables au peuplement dans les montagnes orientales. Les anciens puits de volcans éteints dans les mots de Benden se révélèrent si adaptés aux besoins des hommes et femmes-dragons qu'ils en cherchèrent et découvrirent plusieurs autres sur la surface de Pern, laissant le fort originel et le fort de Ruatha aux colons fermiers.

Cependant, de tels projets épuisèrent le combustible des grandes excavatrices, destinés à l'origine à des travaux de mine plus modestes puisque Pern était pauvre en métaux, et tous les forts et weyrs qui suivirent furent taillés à la main.

Les dragons et leurs cavaliers dans leurs weyrs, et le peuple des fermiers dans leurs demeures troglodytes, s'occupèrent de leurs propres tâches et développèrent des habitudes qui se muèrent rapidement en coutumes, qui se durcirent elles-mêmes en traditions aussi intangibles que des lois.

Au troisième passage de l'Étoile Rouge, une structure économique, sociale et politique complexe s'était développée pour faire face à la menace renouvelée des Fils. Il y avait désormais six weyrs destinés à protéger la totalité de Pern, chaque weyr protégeant un secteur géographique du continent septentrional. Le reste de la population, les forts, accepta de payer une dîme pour soutenir les weyrs puisque ces guerriers, les hommes-dragons, ne possédaient aucune terre arable dans leurs demeures volcaniques, pas plus qu'ils n'avaient de temps à consacrer à l'agriculture, leur fonction étant de défendre la planète lors des passages de Fils.

Les forts se répandirent partout où l'on put trouver des cavernes naturelles : certains étaient de grande taille et stratégiquement placés près d'eaux pures et de bons pâturages, d'autres étaient plus petits et moins bien situés. Il fallait un homme fort pour garder le contrôle des populations terrifiées à l'intérieur des forts lors des attaques de Fils, il fallait une administration qui ait la sagesse de conserver des réserves de nourriture pour les périodes où rien ne pouvait pousser en sécurité. Par des mesures exceptionnelles on contrôlait la population pour la maintenir à un niveau sain et utile jusqu'aux temps de passage des Fils.

Il arrivait souvent que les enfants nés dans un fort fussent élevés dans un autre fort afin de répartir le patrimoine génétique et d'éviter les dangers de la consanguinité. Une telle pratique fut appelée l'« adoption » et était utilisée à la fois dans les forts et dans les ateliers où certains talents tels que la métallurgie, l'élevage, l'agriculture, la pêche ou la mine (pour autant qu'il y en eut) étaient entretenus. De manière qu'un seigneur de fort ne puisse pas refuser aux autres les produits d'un atelier situé dans son propre fort, les artisans furent décrétés indépendants de toute affiliation à un fort, chaque artisan ne devant allégeance qu'au maître de son art, qui, à mesure que les besoins augmentèrent, prit comme apprentis des « adoptés ».

En dehors du retour de l'Étoile Rouge tous les deux cents ans à peu près, la vie sur Pern était agréable.

Et puis vint un temps où l'Étoile Rouge, à cause de la conjonction des cinq satellites naturels de Rukbat, ne passa pas assez près de Pern pour laisser tomber ses terribles spores. Et les Perniens oublièrent le danger. La population prospéra, s'étendant sur les terres fertiles, creusant davantage de forts dans la roche ; elle devint si préoccupée de sa prospérité qu'elle ne prit pas conscience qu'il ne restait plus que quelques dragons dans le ciel et un seul weyr de chevaliers-dragons sur Pern. En quelques générations, les descendants des habitants des forts commencèrent à se demander si l'Étoile Rouge allait revenir un jour. Les chevaliers-dragons tombèrent en disgrâce : pourquoi tout Pern devrait-il entretenir ces gens et leurs bêtes affamées ? Les légendes des actes de bravoure passés, et même ce qui avait motivé un tel courage furent discrédités.

Mais, suivant le cours naturel des choses, l'Étoile Rouge revint à passer près de Pern, clignant de son œil sinistre vers sa victime. Un homme, F'lar, qui montait un dragon bronze, Mnementh, croyait que les histoires anciennes contenaient une part de vérité. Son demi-frère, F'nor, qui montait le brun Canth, écouta ses arguments et fut convaincu. Alors que le dernier œuf d'or d'une reine dragon mourante reposait, durcissant, sur le sol de la salle d'Éclosion du weyr de Benden, F'lar et F'nor saisirent l'opportunité de prendre son contrôle. En fouillant le fort de Ruatha, ils trouvèrent une femme, Lessa, seule survivante de la fière lignée du fort de Ruatha. Elle marqua la jeune Ramoth, la nouvelle reine, et devint la dame du weyr de Benden. Le bronze Mnementh, le dragon de F'lar, devint le nouveau compagnon de la nouvelle reine.

Les trois jeunes chevaliers, F'lar, F'lor et Lessa, forcèrent les seigneurs des forts et les artisans à reconnaître le danger imminent qui les menaçait et à préparer la planète presque sans défense contre les Fils. Mais il était désespérément évident que les deux cents dragons du weyr de Benden étaient en nombre insuffisant pour défendre des zones habitées aussi dispersées. Il avait fallu six weyrs entiers dans les jours anciens alors que les territoires occupés étaient beaucoup moins étendus.

En apprenant à diriger sa reine dans l'Interstice, entre un endroit et un autre, Lessa découvrit que les dragons pouvaient également se téléporter dans l'Interstice entre le temps. Risquant sa vie en même temps que celle de la seule reine de Pern, Lessa et Ramoth revinrent en arrière de quatre cents cycles dans le temps, aux jours de la disparition des cinq autres weyrs, juste après la fin du dernier passage de l'Étoile Rouge.

Les cinq weyrs, constatant le déclin de leur prestige et lassés de leur inactivité présente, plein de regrets de leur vie antérieure passée dans l'excitation des combats, acceptèrent d'aider Lessa et Pern, et l'accompagnèrent dans son époque.

Le Chant du dragon commence sept cycles après le saut dans le futur des cinq weyrs.

CHAPITRE UN

Que batte le tambour, et que chante le pipeau
Harpiste, pince tes cordes, et va, soldat
Libérer la flamme, et que brûlent les prairies
Tant que l'Étoile Rouge qui se lève
N'a pas achevé sa course.

On eût presque dit que les événements, eux aussi,
pleuraient la mort du doux et vieil harpiste ; un vent du
sud-est souffla trois jours durant, bloquant même la
barque de cérémonie, à l'abri dans la caverne du
Bassin.

La tempête donna à Yanus, le seigneur du fort de
Mer, trop de temps pour ruminer son dilemme. Il eut
celui d'en parler à chacun des hommes capables de
suivre le rythme et de chanter juste, et tous lui donnè-
rent la même réponse. Ils ne pouvaient pas honorer
décemment le vieil harpiste de son chant funèbre, mais
Menolly le pouvait.

À cette réponse, Yanus grognait et tapait du pied. Il
était ulcéré de ne pouvoir exprimer l'insatisfaction et
la frustration que lui procurait cette réponse. Menolly
n'était qu'une fille : trop grande et dégingandée pour
faire l'affaire. Il lui en coûtait de devoir admettre que,

malheureusement, elle était la seule personne dans tout le fort de Mer du Demi-Cercle qui pouvait jouer de n'importe quel instrument aussi bien que le vieil harpiste. Sa voix était juste, ses doigts habiles sur les cordes, les archets ou les pipeaux, et elle connaissait le Chant funèbre. Pour autant que Yanus put en être certain, cette exaspérante enfant avait répété ce chant sans arrêt depuis que la fièvre qui devait l'emporter s'était déclarée chez le vieux Petiron.

— Il faudra qu'elle se charge de rendre les honneurs, Yanus, lui dit sa femme, Mavi, le soir où la tempête commençait à faiblir. La seule chose qui compte, c'est que le chant de repos de Petiron soit bien chanté. On n'a pas à s'occuper de celui qui l'interprète.

— Le vieil homme savait qu'il allait mourir. Pourquoi ne l'a-t-il pas enseigné à l'un des hommes ?

— Parce que, répondit Mavi avec une pointe de dureté dans la voix, tu ne lui as jamais accordé d'homme pendant la période de pêche.

— Il y avait le jeune Tranilty....

— Que tu as envoyé en adoption au fort de Mer d'Ista.

— Et ce jeune gars de chez Forolt, il pourrait...

— Sa voix mue. Allons Yanus, cela ne peut être que Menolly.

Yanus grogna avec amertume contre l'inévitable tout en grimpant dans les fourrures du lit.

— C'est ce que tout le monde t'a dit, n'est-ce-pas ? Alors pourquoi en faire toute une histoire ?

Yanus s'installa, résigné.

— La pêche sera bonne demain, dit sa femme en bâillant. Elle le préférait à la pêche plutôt que de le voir aller et venir d'un pas lourd dans tout le fort, rendu maussade et sévère par l'inactivité forcée. Elle savait qu'il était le meilleur seigneur de fort de Mer qu'ait jamais eu le Demi-Cercle : le fort était prospère, ses caves regorgeaient de produits à échanger ; ils n'avaient perdu ni homme ni navire depuis plusieurs cycles, ce qui en disait long sur sa science du temps. Mais Yanus, qui était chez lui sur un pont houleux par un temps épouvantable, se retrouvait à la dérive lorsqu'il était confronté à l'imprévisible une fois à terre.

Mavi était consciente du mécontentement de Yanus à l'égard de sa plus jeune enfant. Mavi aussi trouvait la jeune fille exaspérante. Menolly travaillait dur et était très habile de ses doigts : trop habile lorsqu'il s'agissait de jouer d'un instrument dans l'atelier du harpiste. Mavi se disait qu'elle n'avait peut-être pas été avisée de laisser la jeune fille s'attarder en compagnie du vieil harpiste, une fois tous les Chants d'Enseignement appris. Mais laisser Menolly s'occuper du vieil Harpiste n'avait été qu'un souci mineur, et Petiron lui-même l'avait souhaité. Personne ne rechigne devant les demandes d'un harpiste. Eh bien, se dit Mavi, chassant le passé, il y aura bientôt un nouvel harpiste, et Menolly pourra se consacrer à des tâches de jeune fille.

Le matin suivant, la tempête s'était enfuie, laissant un ciel sans nuages et une mer calme. La barque funéraire avait été sortie de la caverne du Bassin, le corps de Petiron enveloppé du bleu des harpistes placé à bord, près du gouvernail. La flotte tout entière et la plus grande partie du fort de Mer suivait dans le sillage de l'embarcation propulsée par des avirons, vers le courant plus rapide de la fosse de Nerat.

Menolly, à la proue de la barque, chanta l'élégie : sa voix forte et claire portait vers l'arrière jusqu'à la flotte du Demi-Cercle ; les hommes chantaient une partie du déchant tout en ramant.

Avec le chœur final, Petiron s'enfonça pour le repos éternel. Menolly inclina la tête et laissa glisser son tambour et sa baguette dans la mer. Comment aurait-elle pu les utiliser à nouveau alors qu'ils avaient rythmé le dernier chant de Petiron ? Elle avait retenu ses larmes depuis la mort du harpiste parce qu'elle savait qu'elle devrait être capable de chanter son élégie et qu'il est impossible de chanter quand les pleurs vous étouffent la gorge. Maintenant les larmes coulaient sur ses joues, se mêlant aux embruns : le doux chant du timonier qui se tenait près d'elle ponctuait ses sanglots.

Petiron avait été son ami, son allié et son mentor. Elle avait chanté avec son cœur comme il le lui avait appris : avec le cœur et les tripes. Avait-il entendu son chant là où il s'en était allé ?

Elle leva les yeux vers les palissades de la côte, vers le port de sable blanc entre les deux bras du fort du Demi-Cercle. Le ciel avait laissé ses larmes couler au cours des trois derniers jours : un juste hommage. Et l'air était froid. Elle frissonna malgré son épaisse veste de peau. Elle aurait pu se mettre à l'abri du vent en descendant dans la cabine avec les rameurs. Mais elle ne pouvait pas bouger : l'honneur est toujours accompagné de responsabilités, et elle devait rester à sa place jusqu'à ce que la barque de cérémonie touche le sol de la caverne du Bassin.

Elle se sentirait désormais plus seule que jamais au fort du Demi-Cercle. Petiron avait fait tant d'efforts pour vivre jusqu'à l'arrivée de son remplaçant. Il avait

dit à Mellony qu'il ne passerait pas l'hiver. Il avait
envoyé un message au maître harpiste Robinton en lui
demandant d'envoyer un nouveau harpiste aussi vite
que possible. Il avait aussi dit à Menolly qu'il avait
envoyé deux des chansons qu'elle avait composées au
maître harpiste.

— Les femmes ne peuvent pas être harpistes, avait-
elle dit à Petiron, frappée de stupeur.

— Une sur mille possède le timbre idéal, avait dit
Petiron, une de ces réponses évasives dont il avait
l'habitude. Une sur dix mille est capable de construire
une mélodie acceptable avec des paroles sensées. Si
seulement tu étais un garçon, il n'y aurait aucun
problème.

— Oui, mais nous sommes coincés parce que je suis
bel et bien une fille.

— Tu aurais fait un gars grand et fort, ça oui, avait-il
répondu de manière exaspérante.

— Et qu'y a-t-il de mal à être une belle fille grande et
forte ? Menolly l'avait taquiné, se sentant elle-même un
peu agacée.

— Rien. Absolument rien. Et Petiron lui avait tapoté
les mains, la regardant en souriant.

Elle l'avait aidé à manger son dîner, ses mains étant
si malades que même la plus légère cuillère de bois
faisait saillir de terribles arêtes sur ses doigts enflés.

— Et le maître harpiste Robinton est un homme
juste. Personne sur Pern ne peut dire le contraire. Et il
m'écoutera. Il connaît son devoir et, après tout, je suis
un membre ancien de l'atelier, j'ai même débuté dans
cet art avant lui. Je vais lui demander de t'écouter.

— Vous lui avez réellement envoyé les chansons
que vous m'aviez fait graver sur des ardoises ?

— Je les ai envoyées. Bien sûr que j'ai fait cela pour toi, ma chère enfant.

Il avait été si formel que Mellony avait dû croire qu'il avait bel et bien fait ce qu'il disait. Pauvre vieux Petiron. Les derniers mois, il avait perdu le sens du temps au point de ne pas se rappeler ce qu'il avait fait la veille.

Le temps n'avait plus d'importance pour lui désormais, se dit Menolly, les joues humides brûlées par le froid, et elle ne l'oublierait jamais.

L'ombre des deux bras des falaises du Demi-Cercle tomba sur son visage. L'embarcation rentrait à son port d'attache. Elle leva la tête. Loin au-dessus, elle vit la silhouette réduite d'un dragon se découper dans le ciel. Comme c'était beau ! Et comment le weyr de Benden avait-il su ? Non, le chevalier-dragon faisait juste un vol de routine. Avec les Fils qui tombaient quand on ne s'y attendait pas, les dragons volaient souvent au-dessus du Demi-Cercle, isolé comme l'était le fort par les tourbières du haut de la baie de Nerat. Peu importait, le dragon avait marqué le fort du Demi-Cercle de son imposante présence au bon moment, et c'était, pour Menolly, un ultime hommage rendu à Petiron le harpiste.

Les hommes levèrent leurs lourds avirons au-dessus de l'eau, et la barque glissa lentement vers son mouillage tout au bout du bassin. Le fort et Tillek pouvaient s'enorgueillir d'être les plus anciens forts de Mer, mais seul le Demi-Cercle possédait une caverne assez grande pour accueillir une flotte de pêche tout entière et la tenir à l'abri des chutes de Fils et du mauvais temps.

La caverne du Bassin abritait des mouillages pour

trente bateaux ; de l'espace de rangement pour tous les filets, nasses et lignes ; des râteliers aérés pour les voiles ; et un chenal peu profond où les coques pouvaient être débarrassées des concrétions marines et réparées. À l'extrémité de l'immense caverne se trouvait une saillie de roche sur laquelle les charpentiers du fort travaillaient dès qu'il y avait assez de bois pour faire une nouvelle coque. Au-delà, il y avait la petite caverne intérieure où le bois si précieux était entreposé, séché sur de hauts râteliers ou mis en forme.

La barque toucha doucement son quai.

— Menolly ? Le premier rameur lui tendit la main.

Étonnée par cette courtoisie inattendue envers une fille de son âge, elle s'apprêtait à sauter quand elle vit dans ses yeux le respect qu'il lui accordait en cet instant, et dans sa main, se refermant sur les siennes, elle ressentit une silencieuse approbation pour l'interprétation qu'elle avait donnée de l'élégie du harpiste. Les autres hommes se tenaient debout, attendant qu'elle débarque la première. Elle raidit ses épaules, crispa les mâchoires pour ne pas laisser échapper de nouveaux sanglots, et s'avança fièrement vers le sol de pierre.

Alors qu'elle se retournait pour gagner les terres qui bordaient la caverne, elle vit que les autres bateaux déchargeaient leurs passagers rapidement et en silence. Le bateau de son père, le plus important de toute la flotte du Demi-Cercle, était déjà reparti dans le port en tirant des bordées. La voix de Yanus portait au-dessus de l'eau, couvrant les craquements occasionnels des navires et le murmure des voix.

— Faisons vite à présent, les hommes. Une bonne brise se lève et le poisson va mordre après trois jours de tempête.

Les rameurs la dépassèrent vivement pour gagner leurs places à bord des bateaux de pêche. Il parut injuste à Menolly que Petiron, qui avait consacré toute sa longue vie au fort du Demi-Cercle fût oublié si rapidement. Mais... la vie continue. Il y avait des poissons à capturer pour faire face aux durs mois d'hiver et les journées de beau temps durant les périodes froides du cycle ne devaient pas être gaspillées.

Elle accéléra le pas car le chemin était long pour contourner le bord de la caverne du Bassin et elle avait froid. Menolly voulait rentrer au fort avant que sa mère ne remarque qu'elle n'avait plus le tambour. Le gaspillage n'était pas davantage accepté par Mavi que l'oisiveté par Yanus.

C'était un moment de tristesse qui venait d'être célébré et les femmes et les enfants ainsi que les hommes trop âgés pour la pêche en mer marchaient d'un pas digne à la sortie de la caverne, formant de petits groupes qui se dirigeaient vers leurs forts respectifs dans la partie sud de l'enceinte protectrice du Demi-Cercle.

Menolly vit Mavi répartir les enfants en groupes de travail. Sans harpiste pour les diriger dans les chants d'Enseignement et les ballades, les enfants seraient occupés à nettoyer les débris laissés par la tempête sur les plages de sable blanc.

Le soleil illuminait le ciel, et le chevalier-dragon décrivait probablement toujours des cercles, mais le vent était glacial et Menolly commençait à frissonner violemment. Elle voulait sentir la chaleur du feu dans la grande cheminée de la cuisine du fort et se réchauffer d'une tasse de klah brûlant.

La voix de sa sœur Sella portée par la brise se fit entendre :

— Elle n'a plus rien à faire maintenant, Mavi, pourquoi moi je devrais...

Menolly se dissimula vivement au milieu d'un groupe d'adultes, échappant au regard de sa mère qui la cherchait. On pouvait faire confiance à Sella pour rappeler que Menolly n'avait plus à s'occuper du harpiste malade. Devant elle, une de ses vieilles tantes trébucha et elle poussa un cri plaintif pour demander de l'aide. Menolly se précipita à ses côtés, la soutint et reçut force remerciements.

— Seul Petiron pouvait me faire sortir ces vieux os sur cette mer glacée ce matin. Béni soit cet homme, qu'il repose en paix, continua la vieille femme, s'agrippant à Menolly avec une force insoupçonnée. Tu es une brave enfant, Menolly, une brave enfant. C'est bien Menolly, n'est-ce pas ? La vieille lui jeta un regard interrogateur. Maintenant tu vas me donner un coup de main pour aller retrouver le vieil oncle et je vais tout lui raconter, puisque ses jambes sont trop faibles pour sortir du lit.

Ainsi Sella se vit contrainte de garder les enfants tandis que Menolly obtenait son feu : tout au moins assez longtemps pour cesser de grelotter. Puis la vieille tante se dit que l'oncle apprécierait un peu de klah, aussi lorsque Mavi entra dans la cuisine pour chercher sa plus jeune fille, elle la trouva respectueusement occupée à servir le vieil homme.

— Très bien, Menolly. Puisque tu es là, profites-en pour installer le vieil homme confortablement. Ensuite tu pourras démarrer les brilleurs.

Menolly tint encore un peu compagnie au vieil oncle en buvant une tasse brûlante, puis le laissa bien installé, échangeant mélancoliquement avec la tante des souvenirs d'autres enterrements.

La vérification des brilleurs lui incomba dès que sa taille dépassa celle de Sella. Cela consistait à monter et descendre aux différents niveaux qui constituaient les étages intérieurs et extérieurs de l'énorme fort ; bientôt Menolly découvrit l'itinéraire qui lui permettait d'achever le travail de la manière la plus rapide, elle avait ainsi un peu de liberté avant que Mavi ne la cherche. Elle avait pris l'habitude de passer ces précieuses minutes à s'exercer avec le harpiste. Elle ne fut donc pas surprise de se retrouver finalement devant la porte de Petiron. Mais elle le fut d'entendre des voix dans cette pièce.

Elle allait pénétrer par la porte à demi ouverte pour demander une explication quand elle entendit clairement la voix de sa mère.

— La pièce n'aura pas besoin d'être beaucoup arrangée pour le nouvel harpiste, il me semble.

Menolly recula dans l'ombre du couloir. Le nouvel harpiste ?

— Ce que je veux savoir, Mavi, c'est qui va s'occuper de l'enseignement des enfants jusqu'à son arrivée ? La voix était celle de Soreel, la femme du premier seigneur, ce qui en faisait le porte-parole des autres femmes du fort auprès de Mavi, dame du seigneur du fort.

— Menolly s'en est bien sortie ce matin. Vous devez lui accorder cela, Mavi.

— Yanus enverra le navire messager.

— Il ne le fera pas aujourd'hui, ni demain. Je ne reproche rien au seigneur Yanus, Mavi, mais il est de bon sens que les bateaux soient utilisés pour la pêche,

22

et on ne peut se passer de l'équipage du sloop. Cela signifie quatre, cinq jours avant qu'un messager ne parvienne au fort Igen. Depuis le fort d'Igen, si un chevalier-dragon accepte de porter le message — mais nous savons tous comment sont les anciens du weyr d'Igen. Donc, disons, jusqu'au hall du maître harpiste au fort, deux ou trois jours de plus. Il faudra encore que le maître harpiste Robinton choisisse un homme qui devra être envoyé par terre et par mer. Et avec les Fils qui tombent sans prévenir, personne ne peut voyager vite et loin en une journée. On sera au printemps avant d'avoir vu un autre harpiste. Est-ce que les enfants vont être laissés sans leçons pendant des mois ?

Soreel avait ponctué ses commentaires de bruits de balayage, et on entendait d'autres sons dans la pièce comme le bruissement de la paille d'un lit qu'on rassemble.

Maintenant Menolly pouvait percevoir le murmure de deux autres voix qui soutenaient les arguments de Soreel.

— Petiron enseignait bien...

— À elle aussi, il a bien enseigné, dit Soreel en interrompant Mavi.

— Jouer de la harpe est une activité d'homme...

— Il faudrait déjà que le seigneur du fort se passe d'un de ses hommes pour ça !

Soreel était presque agressive car tout le monde connaissait la réponse de Fanus si on lui avait demandé de libérer quelqu'un pour enseigner.

— À dire la vérité, je pense que la gamine connaissait mieux les sagas que le vieil homme lors du dernier cycle. Vous savez que son esprit divaguait, Mavi.

— Yanus fera ce qu'il faut. Le ton de Mavi était sans réplique et cela mit fin à la discussion.

Menolly entendant des pas traverser la chambre du vieil harpiste, elle descendit dans le hall, tourna au premier coude et parvint près de la cuisine.

L'idée qu'une autre personne, même un harpiste, occuperait la chambre de Petiron, la peinait. Manifestement les autres étaient affligés qu'il n'y ait pas de harpiste. Habituellement ce genre de problème ne se posait pas. Chaque fort pouvait fournir un ou deux hommes doués pour la musique, et tous les forts étaient fiers d'encourager ce genre de talent. Les harpistes aimaient s'entourer d'autres musiciens pour partager la charge de distraire leurs forts pendant les longues soirées d'hiver. Et le plus élémentaire bon sens voulait que l'on disposât d'un remplaçant pour faire face à une urgence telle que celle qui frappait le Demi-Cercle. Mais la pêche était rude pour les mains : le dur travail, l'eau froide, le sel et la graisse des poissons épaississaient les articulations et faisaient naître des cals sur les doigts aux mauvais endroits. Les pêcheurs étaient souvent partis de nombreux jours lors des longues campagnes. Après un cycle ou deux au filet, à retenir et laisser glisser les lignes, les jeunes hommes perdaient leur habileté à jouer quoi que ce fût excepté les airs les plus simples. Les Ballades d'Enseignement des harpistes exigeaient des doigts souples et rapides et une pratique constante.

En partant pêcher en mer aussitôt après les funérailles du vieil harpiste, Yanus pensait avoir assez de temps pour trouver une solution. Il ne faisait aucun doute que la jeune fille était capable de bien chanter, de bien jouer, et qu'elle n'avait pas démérité du fort ou du harpiste ce matin-là. Cela allait prendre du temps d'envoyer chercher et de recevoir un nouvel harpiste, et les plus jeunes ne devaient pas perdre tout l'acquis de l'apprentissage des Ballades d'Enseignement.

Mais Yanus hésitait à placer de telles responsabilités sur les épaules d'une jeune fille à peine âgée de quinze cycles. D'autant qu'il lui reprochait sa déplorable tendance à composer des airs. C'était agréable et amusant de l'entendre les chanter de temps à autre au cours des longues soirées hivernales quand le vieux Petiron était en vie et qu'il la maintenait dans de justes limites. Mais maintenant, Yanus n'était pas sûr de pouvoir lui faire confiance. Et s'il lui prenait fantaisie d'ajouter quelques-uns de ses trilles sans intérêt dans les leçons ? Comment les enfants sauraient-ils que ces chants ne convenaient pas à l'enseignement ? L'ennui était que les mélodies de Menolly étaient de celles qui restent dans la tête et qu'on se prend à fredonner ou à siffler sans même s'en apercevoir.

Quand le moment fut venu de remettre le cap sur le port, le chalutage de la Fosse ayant rempli les bateaux, Yanus n'avait trouvé aucun compromis. Ce n'était pas une consolation de savoir qu'il ne rencontrerait pas d'opposition de la part des autres responsables. Si Menolly avait mal chanté le matin même... mais ce n'était pas le cas.

En tant que seigneur du fort du Demi-Cercle, il était obligé de pourvoir à l'éducation des enfants dans le respect des traditions de Pern : connaître son devoir et savoir comment l'accomplir. Il se considérait comme très chanceux d'être au service du weyr de Benden, d'avoir F'lar, le cavalier du bronze Mnementh, comme seigneur du weyr et Lessa, qui montait Ramoth, comme dame du weyr. Yanus se sentait donc profondément attaché à conserver la tradition au Demi-Cercle : et les jeunes apprendraient ce qu'il leur fallait savoir, même si une fille devait se charger de leur éducation.

Ce soir-là, après que la prise du jour eut été salée, il demanda à Mavi d'amener sa fille dans la petite pièce près de la grande salle où il dirigeait les affaires du fort et où l'on conservait les archives. Mavi avait posé les instruments du harpiste sur le manteau de la cheminée pour les tenir à l'abri.

Yanus tendit respectueusement à Menolly le « guitar » de Petiron. Elle prit l'instrument avec déférence et cela rassura Yanus de la voir consciente de sa nouvelle responsabilité.

— Demain, tu seras dispensée de tes devoirs habituels du matin afin de t'occuper de l'enseignement des plus jeunes, lui dit-il. Mais je ne veux plus entendre aucun de tes tours.

— Je chantais mes chansons quand Petiron était en vie et vous n'avez jamais rien dit...

— Petiron était vivant. Il est mort désormais, et tu vas m'obéir sur ce point, dit-il avec courroux.

Menolly vit par-dessus les épaules de son père sa mère qui grimaçait, agitant la tête pour l'avertir, et elle ravala sa réplique.

— N'oublie pas ce que je viens de te dire ! Yanus montra du doigt la large ceinture qu'il portait. Pas de chansons !

— Oui, Yanus.

— Alors tu commences demain. À moins, bien sûr, qu'il n'y ait une chute de Fils, alors tout le monde préparera des appâts pour les lignes.

Yanus renvoya les deux femmes et commença à composer un message pour le maître harpiste destiné à partir dès qu'il pourrait se passer de l'équipage du sloop, qui le porterait jusqu'au fort de Igen. De toute façon, il était temps que le Demi-Cercle ait quelques nouvelles du reste de Pern. Et il pourrait embarquer un peu de poisson fumé. Il était inutile de ne pas profiter du voyage.

Une fois dans le couloir, Mavi agrippa fermement le bras de sa fille.

— Ne lui désobéis pas, ma fille.

— Il n'y a aucun mal dans mes chansons, mère. Tu sais ce que disait Petiron...

— Je te rappelle que le vieil homme est mort, ce qui change tout. Tiens-toi tranquille tant que tu occupes la place d'un homme. Pas de chansons ! Au lit maintenant, et pense à éteindre les brilleurs. Cela n'a aucun sens de gaspiller de la lumière quand on n'a pas besoin d'y voir.

CHAPITRE DEUX

> Honneur à ceux que les dragons tiennent
> En leur estime, en pensées, paroles et actes.
> Des mondes se perdent ou des mondes se sauvent
> Par les dangers qu'ils affrontent.
>
> Hommes-dragons, évitez l'excès :
> L'avidité est la ruine du weyr :
> Conformez-vous à l'Ancienne Loi,
> Ainsi prospère le weyr du Dragon.

Au début, il fut assez facile à Menolly d'oublier ses chansons pendant l'Enseignement. Elle voulait être digne de Petiron, afin que le nouvel harpiste ne pût trouver aucune faute dans les récitations des enfants. Les élèves étaient attentifs : l'Enseignement valait toujours mieux que de vider les poissons et les mettre en conserve, raccommoder les filets ou appâter les lignes de fond. Il y eut aussi des tempêtes hivernales, les plus sévères depuis de nombreux cycles, qui maintinrent les bateaux à quai, et l'Enseignement permettait de combattre l'ennui.

Quand la flotte était rentrée, Yanus s'arrêtait dans la petite salle où Menolly tenait sa classe et lui jetait un regard noir. Heureusement, il ne restait pas longtemps car il rendait les enfants nerveux. Une fois, elle le vit marquer le rythme du pied, mais il se renfrogna quand il se rendit compte de ce qu'il faisait et il partit sur-le-champ.

Il avait envoyé le sloop porteur du message au fort de Igen trois jours après les funérailles. L'équipage rapporta des nouvelles sans intérêt pour Menolly, mais les adultes en parurent affectés : il s'agissait de quelque chose au sujet des anciens. Ce n'était pas le genre de Menolly de se troubler l'esprit, aussi ne s'en préoccupa-t-elle pas. L'équipage ramena également un message adressé à Petiron au sceau du maître harpiste Robinton.

— Pauvre vieux Petiron, dit l'une de ses tantes à Menolly, soupirant en se tamponnant les yeux avec affection. Il attendait toujours des tablettes du maître harpiste. Tant pis, cela attendra jusqu'à l'arrivée du nouvel harpiste. Il saura quoi en faire.

Menolly mit un certain temps avant de découvrir où se trouvait la tablette : posée en évidence sur le manteau de la cheminée dans la salle des archives de son père. Elle était certaine que le message avait quelque chose à voir avec elle, avec les chansons que Petiron avait envoyées au maître-harpiste. Cette idée l'obsédait tellement qu'elle trouva l'aplomb de demander à sa mère pourquoi Tanus n'ouvrait pas le message.

— Ouvrir un message scellé du maître harpiste et adressé à un homme mort ? Mavi choquée, regarda sa fille avec incrédulité. Ton père ne ferait jamais une chose pareille ! Les lettres de harpistes sont pour les harpistes.

— C'est parce que je me souviens que Petiron avait envoyé une tablette au maître harpiste. Je pensais qu'il pourrait s'agir de l'arrivée d'un remplaçant. Je veux dire...

— Je serais heureuse quand le nouvel harpiste sera là, ma fille. Cet Enseignement te donne des idées de grandeur.

Les quelques jours suivants furent angoissants pour Menolly : elle crut que sa mère allait demander à Yanus de la faire remplacer comme enseignant. C'était évidemment impossible, pour les mêmes raisons qui avaient forcé Yanus à la choisir. Mais elle constatait que Mavi s'arrangeait pour lui imposer, une fois son travail de professeur accompli, les tâches les plus odorantes, les plus ennuyeuses et assommantes. Quant à Yanus, il se mit en tête de faire de plus fréquentes apparitions dans la petite salle.

Puis le temps se mit au beau pour une courte période et toute l'activité du fort de Mer s'orienta vers la pêche. Les enfants furent dispensés d'Enseignement pour aller ramasser les algues déposées par les marées hautes et toutes les femmes du fort occupées à les faire bouillir afin de récupérer l'épais jus des tiges, jus qui prévenait nombre de maladies et de douleurs des os. Du moins, à ce que disait les vieilles tantes. Mais elles auraient trouvé du bon dans tout mal, et le pire dans n'importe quel bienfait. Et le pire, avec les algues, c'était leur odeur, pensait Menolly en remuant le contenu des énormes marmites.

Vinrent les chutes de Fils qui apportèrent un peu d'excitation : la peur d'être coincé dans le fort pendant que les dragons glissaient dans le ciel, le souffle embrasé, carbonisant les Fils, les annihilant.

— Combien Menolly aurait désirer assister à ce glorieux spectacle au lieu de le chanter ou de savoir qu'il avait lieu à l'extérieur des murs de pierre épais et des lourds volets métalliques des fenêtres du fort !

Puis elle se joignit aux groupes équipés de lance-flammes qui recherchaient les Fils qui auraient pu échapper à la flamme des dragons. Il n'y avait pourtant que peu de nourriture pour les Fils dans les marais et tourbières battus par le vent autour du fort de Mer du Demi-Cercle. Les palissades de roche stérile empêchaient la pousse de la moindre verdure, été comme hiver, mais il était plus sage de vérifier les marécages et les plages. Les Fils pouvaient s'installer dans les tiges des algues ou glisser le long des baies de marais et des buissons de pruniers de littoral, se multiplier et dévorer toute la végétation jusqu'à ce que la côte soit aussi nue qu'un roc.

Ces sorties exposaient au froid mais, pour Menolly, c'était un plaisir de sortir du fort, à l'air vif. Son équipe partit aussi loin que les roches du Dragon, au sud. Petiron lui avait dit que ces rochers, qui se dressaient au large dans des eaux dangereuses, avaient autrefois fait partie de la palissade, probablement creusées de cavernes comme toute l'étendue de la falaise.

Sa plus grande joie survenait quand F'lar en personne, sur le bronze Mnementh, décrivait des cercles pour s'entretenir avec Yanus. Certes, Menolly n'était pas assez proche pour entendre ce que se disaient les deux hommes, mais elle l'était suffisamment pour sentir les relents de pierre à feu du gigantesque dragon bronze. Assez proche pour voir ses yeux magnifiques qui capturaient toutes les couleurs du pâle soleil hivernal, pour voir ses muscles se nouer et se détendre sous la peau lisse.

Menolly se tenait à l'écart, respectueuse de la coutume, avec les autres équipes de lance-flammes. Mais une fois, alors que le dragon tournait la tête avec nonchalance dans sa direction, ses yeux aux couleurs changeantes tourbillonnèrent lentement, et elle fut certaine que Mnementh la regardait, elle. Elle n'osait plus respirer, il était si beau.

Soudain, cet instant magique prit fin. F'lar bondit gracieusement sur l'épaule du dragon, s'empara des rênes de combat et se plaça sur l'arête du cou. L'air souffla autour de Menolly et des autres lorsque le grand bronze déploya ses ailes à l'apparence fragile. L'instant d'après, il était déjà haut, prenant le courant ascendant, montant régulièrement et disparaissant brusquement. Menolly ne fut pas la seule à soupirer profondément. Voir un chevalier-dragon dans le ciel était toujours un événement : être sur le même sol qu'un dragon et son cavalier, être le témoin de son gracieux envol et de son départ dans l'Interstice était un enchantement.

Toutes les chansons ayant trait aux dragons et aux chevaliers-dragons paraissaient inappropriées à Menolly. Elle se glissa dans la petite alcôve qu'elle partageait avec Sella dans le dortoir des femmes. Elle voulait être seule. Parmi ses objets personnels, elle possédait un petit pipeau, un chalumeau discret dont elle pouvait tirer un murmure, et elle commença à en jouer : un petit air composé dans l'excitation de la joie procurée par l'événement du jour.

— Ah ! te voilà ! Sella entra avec humeur, le visage empourpré, la respiration hachée. Elle venait manifestement de grimper les raides escaliers quatre à quatre. Je disais à Mavi que tu devais être ici. Sella prit la petite flûte des mains de Menolly. Et en train de jouer par-dessus le marché !

— Oh, Sella. C'est un vieil air ! mentit Menolly et elle récupéra son pipeau.

Sella grinça des dents de colère.

— Vieux, mon œil ! Je te connais, ma fille. Tu tires au flanc. Retourne à la cuisine. On a besoin de toi maintenant.

— Je ne tire pas au flanc. J'ai enseigné ce matin pendant la chute de Fils et ensuite j'ai dû partir avec les équipes.

— Ton équipe est rentrée depuis midi ou plus et tu portes toujours des vêtements puants et pleins de sable, empestant la chambre où je dois dormir. Tu descends ou je dis à Yanus ce que tu as joué.

— Pff ! Tu ne reconnaîtrais pas une chanson même avec le nez collé dessus !

Mais Menolly se débarrassa de ses vêtements de travail aussi vite qu'elle put. Sella était très capable de dire à Mavi (sa sœur craignait autant Yanus que Menolly) que Menolly jouait dans sa chambre — une activité suspecte. Quoique Menolly n'eût pas promis de ne pas jouer du tout ; juste de ne pas le faire en public.

Tout le monde était de bonne humeur ce soir-là : Yanus, parce qu'il avait parlé à F'lar, le seigneur du weyr et parce que la pêche s'annonçait bonne pour le lendemain si le temps tenait. Les poissons remontaient toujours pour se nourrir des Fils noyés, et la moitié de la chute s'était produite au-delà de la baie de Nerat. La fosse serait remplie de bancs. Yanus de bonne humeur, les autres responsables pouvaient se réjouir parce qu'il n'y avait eu aucun Fil sur le sol.

Cela n'eut donc rien de surprenant qu'ils demandent à Menolly de leur jouer quelque chose. Elle chanta deux des plus longues sagas sur les dragons ; et puis le Chant des Noms pour les chefs d'escadrille actuels du weyr de Benden de manière que son fort connût ses hommes-dragons. Elle se demanda s'il y avait eu une récente éclosion dont le Demi-Cercle n'aurait pas eu connaissance à cause de son isolement. Mais elle était sûre que F'lar l'aurait dit à Yanus si tel avait été le cas. Seulement Yanus le lui aurait-il dit ? Elle n'était pas le harpiste auquel la politesse voulait qu'on confie ce genre de choses.

Les gens du fort demandaient encore des chants, mais sa gorge était fatiguée. Elle leur joua donc une chanson qu'ils pouvaient chanter, braillant les paroles de leurs voix éraillées par le vent et le sel. Elle vit son père lui jeter un regard sévère, bien qu'il chantât avec les autres, et elle se demanda s'il n'était pas fâché de la voir jouer, elle, une fille, des chansons d'hommes. Cela l'exaspéra parce qu'elle les avait assez souvent jouées du vivant de Petiron. Elle soupira de l'injustice. Puis se demanda ce qu'aurait pensé F'lar s'il avait su que le fort de Mer du Demi-Cercle dépendait d'une simple fille pour sa musique. Elle avait toujours entendu dire que F'lar était un homme juste, un homme à l'esprit ouvert, et un très bon chevalier-dragon. Il existait même des chansons sur lui et sur sa dame de weyr, Lessa. Elle les chanta pour commémorer la visite du seigneur du weyr, et le visage de son père s'illumina. Elle continua de chanter jusqu'à ce que sa gorge fût si serrée qu'aucun son ne put en sortir. Elle aurait aimé que quelqu'un d'autre soit capable de jouer pour lui accorder une pause, mais, en scrutant les visages qui lui faisaient face, elle n'en vit aucun apte à battre correctement le tambour, encore moins à jouer d'un guitar ou d'un pipeau.

C'est pourquoi, le jour suivant, il lui parut logique de commencer à apprendre les roulements de tambour à l'un des enfants. On pouvait chanter beaucoup de chansons en s'accompagnant simplement d'un tambour. Et l'un des deux enfants de Soreel encore présent à l'Enseignement était assez sensible pour apprendre le pipeau.

Quelqu'un, peut-être Sella, pensa Menolly avec amertume, en informa Mavi.

— On t'a dit pas de composition...

— Apprendre à quelqu'un à jouer du tambour n'est pas composer...

— Apprendre à quiconque à jouer est l'affaire du harpiste, pas la tienne, ma fille. Un coup de chance pour toi que le seigneur du port soit sorti pour la fosse sinon tu aurais senti le goût de la ceinture sur tes épaules ! Vraiment, ça suffit avec ces bêtises !

— Mais ce ne sont pas des bêtises, Mavi. Hier soir, un autre joueur de tambour ou de pipeau aurait...

Sa mère leva la main en signe d'avertissement, et Menolly serra les lèvres.

— Pas de composition, Menolly !

Et ce fut tout.

— Maintenant, ma fille, occupe-toi des brilleurs avant que la flotte ne rentre.

Ce travail entraînait inexorablement Menolly vers la chambre du harpiste débarrassée de tout ce qui avait appartenu en propre à Petiron. Cela lui rappela le message scellé sur la cheminée de la salle des archives. Et si le maître harpiste attendait un message de Petiron à propos du compositeur des chansons ? Menolly était certaine qu'une partie du message toujours fermé la concernait. Ce n'était pas que ces pensées lui fissent du bien. Même si elle n'en était aussi sûre que d'un fait avéré, cela ne changerait rien, décida-t-elle sombrement. Cela pourtant ne l'empêcha pas de passer devant la salle des archives de Yanus et de jeter un coup d'œil au paquet tentateur sur la cheminée.

Elle soupira, se détourna de la pièce. À présent le maître harpiste devait être averti de la mort de Petiron et avait sans doute dépêché un nouvel harpiste. Peut-être le remplaçant pourrait-il ouvrir le message et, peut-être, s'il s'agissait bien d'elle, peut-être que s'il disait du bien de ses chansons, Yanus et sa mère cesseraient de lui interdire de composer de chanter ses chansons. Peut-être...

Comme l'hiver touchait à sa fin, Menolly s'aperçut que la peine qu'elle éprouvait en pensant à Petiron allait en s'intensifiant. Il avait été la seule personne du fort à l'encourager en tout : plus particulièrement dans cette activité qui lui était désormais interdite. Des mélodies naissaient sans cesse dans sa tête, lui démangeant les doigts, justement parce qu'elles étaient interdites. Et elle ne cessait de composer — ce qui, lui semblait-il, n'était pas précisément désobéir.

Ce qui paraissait contrarier le plus Yanus et Mavi, se disait Menolly, était le fait que les enfants, à qui elle n'était supposée enseigner que les Ballades et les sagas adéquates, auraient pu penser que ses airs étaient l'œuvre d'un harpiste. (Si ses airs semblaient à ce point bons aux oreilles de ses parents, quel mal y avait-il ?) Au fond, ils ne voulaient pas qu'elle joue ses chansons de manière audible là où elles pouvaient être entendues et répétées à des moments mal choisis.

En raisonnant de la sorte, Menolly ne voyait aucun mal à l'écriture de nouveaux airs. Elle les jouait doucement dans la petite salle vide après le départ des enfants, avant de commencer ses corvées ménagères de l'après-midi, rangeant prudemment ses notes au milieu des papiers du harpiste sur l'étagère de la salle. C'était une cachette assez sûre puisque personne ne les découvrirait avant l'arrivée du nouvel harpiste.

Cette petite entorse à l'obéissance absolue aux restrictions de son père sur la composition fit beaucoup pour alléger la frustration et la solitude croissantes de Menolly. Elle ignorait que sa mère la surveillait de près, guettant le moindre signe de rébellion. Mavi ne voulait pas que le fort fût victime d'un quelconque déshonneur, et elle craignait que Menolly, à qui la faveur marquée de Petiron aurait tourné la tête, ne fût pas assez mûre pour se discipliner.

Sella avait averti sa mère que Menolly échappait à son contrôle. Mavi pensa d'abord à de la jalousie. Mais quand Sella lui appris que Menolly avait déjà commencé à instruire quelqu'un d'un instrument, elle fût bien obligée d'intervenir. Que Yanus entende le moindre murmure au sujet de la désobéissance de la jeune fille et le fort retentirait de sa colère.

C'était l'approche du printemps, et la mer était plus calme. Le nouvel harpiste arriverait bientôt.

Et puis le printemps fut là, une première journée magnifique. Les douces senteurs des pruniers du littoral et des baies de marais emplirent les brises de mer et passèrent par les volets ouverts de la petite salle. Les enfants chantaient fort, comme si hurler leur apprendrait plus vite. Ils chantaient l'une des plus longues sagas, respectueuses des paroles, mais avec beaucoup plus d'exubérance que nécessaire. Peut-être cet enthousiasme se communiqua-t-il à Menolly et lui remit-il en mémoire un air qu'elle avait essayé de mettre au point la veille ?

Elle ne désobéit pas intentionnellement. Elle n'était certainement pas consciente que la flotte était rentrée d'une prise survenue de bonne heure. Elle était tout aussi inconsciente que les accords qu'elle plaquait n'étaient pas — officiellement — l'œuvre du harpiste. Ce fut une malchance que cet écart se produisît juste au moment où le seigneur passait devant la fenêtre ouverte.

Il fut dans la petite salle presque tout de suite et envoya aussitôt les enfants aider à décharger la lourde prise. Puis, en silence, ce qui rendait l'attente du châtiment encore plus pénible, il retira sa large ceinture, indiqua à Menolly qu'elle devait lever sa tunique au-dessus de sa tête et se pencher par-dessus le haut tabouret de harpiste.

Quand il eut terminé, elle était tombée à genoux sur les dures dalles de pierre, se mordant les lèvres pour retenir ses sanglots. Il ne l'avait jamais battue aussi fort. Le sang battait dans ses oreilles avec une telle violence qu'elle n'entendit même pas Yanus quitter la salle. Il fallut un long moment avant qu'elle pût rabattre sa tunique sur les zébrures douloureuses qui marquaient son dos. Ce ne fut qu'après s'être remise lentement sur ses pieds qu'elle s'aperçut qu'il avait pris son guitar. Elle sut alors que le verdict serait dur et irrévocable.

Et injuste ! Elle n'avait joué que les premières mesures... en les fredonnant.... et tout cela parce que les derniers accords de la Ballade d'Enseignement s'étaient mués en cette nouvelle chanson dans sa tête ! Ce petit dérapage ne pouvait avoir fait aucun mal durable. Et les enfants connaissaient toutes les Ballades qu'ils étaient supposés connaître. Elle n'avait pas « voulu » désobéir à Yanus.

— Menolly ? Sa mère entra par la porte de la salle de classe, tenant à la main la lanière d'un sac vide. Tu les as renvoyés de bonne heure ? Est-ce sage...

Sa mère s'interrompit et regarda fixement sa fille. Une expression de colère et de dégoût traversa son visage.

— Alors tu as fini par faire l'imbécile ? Malgré tous les risques, il a fallu que tu joues l'un de tes airs...

— Je ne l'ai pas fait exprès, Mavi. La chanson... m'est juste venue à l'esprit. Je n'ai pas joué plus d'une mesure....

Cela ne servait à rien d'essayer de justifier l'incident auprès de sa mère. Pas maintenant. Le désarroi que Menolly avait ressenti en se rendant compte que son père avait pris le guitar s'amplifia devant la froide colère de sa mère.

— Prends ce sac. Nous avons besoin de légumes verts frais, dit Mavi d'une voix sans expression. Et tout ce qui aura poussé d'herbe à nervures jaunes. Il doit y en avoir un peu.

Avec résignation, Menolly prit le sac et, sans y penser, passa la courroie sur son épaule. Elle eut la respiration coupée quand le sac frappa librement son dos meurtri.

Avant que Menolly pût l'éviter sa mère avait soulevé sa tunique. Elle poussa un cri inarticulé.

— Il faut te mettre un onguent calmant à certains endroits.

Menolly la repoussa.

— À quoi sert de battre quelqu'un si c'est pour lui mettre un calmant à la première occasion ? Et elle se rua hors de la salle.

De toute façon, si Mavi s'inquiétait de ses blessures, c'était uniquement parce qu'un corps bien portant travaille plus dur, plus longtemps et plus vite.

Ses pensées et sa douleur l'aiguillonnaient vers la sortie du fort. Bien que le rythme de ses enjambées réveillât la morsure de son dos, elle ne ralentit pas car elle avait toute la piste au-devant du fort à parcourir. Plus vite elle irait, mieux ce serait, avant qu'une tante quelconque ne se préoccupât de savoir pourquoi les enfants étaient sortis si tôt, ou bien pourquoi Menolly allait ramasser des légumes au lieu d'enseigner.

Heureusement, elle ne rencontra personne. Tout le monde était en bas, à la caverne du Bassin, à décharger ou essayer d'échapper au regard du seigneur du fort. Menolly dépassa rapidement les plus petites exploitations, descendit la route des marais, puis remonta sur la piste de droite, au sud du Demi-Cercle. Elle avait mis autant de distance que possible entre le fort et elle : tout cela de manière parfaitement légitime, à la recherche de verdure.

Elle cheminait sur le chemin sableux en ouvrant grands les yeux pour repérer les jeunes pousses, essayant d'ignorer les élancements qu'elle ressentait à chaque passage accidenté. Son dos brûlait. Elle grinça des dents mais maintint l'allure.

Son frère, Alemi, avait dit un jour qu'elle pouvait courir aussi bien que n'importe quel garçon du fort et en distancer la moitié sur une longue distance. Si seulement elle avait été un garçon... Il n'y aurait eu alors aucune difficulté pour remplacer Petiron. Et Yanus n'aurait pas battu un garçon assez audacieux pour chanter ses propres chansons.

La première des basses vallées marécageuses était rose et jaune de pruniers et d'églantiers en fleur, légèrement assombrie par endroits à cause des reines volant en rase-mottes pour trouver les quelques Fils qui auraient échappé aux principales escadrilles. Làbas, la tache carbonisée faite par un lance-flammes marquait la place des Fils qui avaient réussi à passer. Un jour, se dit Menolly, elle ouvrirait un des volets d'acier et elle verrait les dragons calciner les Fils dans le ciel. Quelle vision cela devait être !

Effrayante aussi, estima-t-elle, ayant vu sa mère s'éloigner des hommes brûlés par les Fils. La marque ressemblait à celle qu'on aurait tracé en utilisant un tisonnier chauffé au rouge : une rainure profonde aux bords noirs de peau brûlée. Torly porterait toute sa vie cette cicatrice droite, boursouflée et rouge. Les blessures de Fils ne guérissaient jamais vraiment.

Il fallait qu'elle s'arrête de courir. Elle commençait à fortement transpirer et son dos la piquait. Elle retira la ceinture de sa tunique et agita les plis de peau souple du vêtement pour se rafraîchir entre les omoplates.

Elle franchit la première vallée, atteignit une colline rocheuse arrondie et un autre vallon. Il fallait maintenant être prudent : c'était un endroit aux bourbiers profonds. Aucun signe d'herbes aux nervures jaunes. Il y en avait eu un bouquet l'été dernier à deux collines de là.

Elle commença par les entendre, jetant un coup d'œil avec une pointe de terreur en direction des bruits inattendus qui venaient d'en dessous. Des dragons ? Elle regarda fiévreusement vers l'est en quête du scintillement révélateur des Fils aériens. Le ciel bleu-vert était clair de cette brume tant redoutée, mais pas des ailes des dragons. Des dragons ? C'était impossible ! Ils ne se regroupaient pas ainsi, en essaim. Les dragons volaient toujours en formations régulières, dessinant un motif sur le ciel. Ceux-là fonçaient, s'évitaient, descendaient en piqué avant de remonter. Elle mit ses mains en visière. Des éclats verts, bleus, ce curieux brun et puis... Bien sûr, le soleil se refléta, doré, sur le corps qui était en tête, semblable à une flèche. Une reine ! Une reine aussi minuscule ?

Elle expira l'air qu'elle retenait, stupéfaite. Une reine de lézards-de-feu ? Ce devait être ça. Seuls les lézards-de-feu pouvaient être aussi petits et ressembler à des dragons. Ce n'était pas le cas des wherries. Et les wherries ne s'accouplaient pas en plein ciel. C'était ce que voyait Menolly : le vol nuptial d'une reine lézard-de-feu poursuivie de près par ses bronzes.

Ainsi les lézards-de-feu n'étaient pas des racontars de gamin ! Étonnée, Menolly contemplait le vol rapide, gracieux. La reine avait entraîné son groupe si haut que les plus petits, les bleus, les verts et les bruns avaient dû rester plus bas. Ils volaient maintenant en cercles à plus faible altitude, s'efforçant de suivre la même direction que les autres. Ils fonçaient et plongeaient à l'imitation de la reine et des bronzes.

Il ne pouvait s'agir que de lézards-de-feu ! pensa Menolly, le cœur serré par la beauté et l'émotion qui se dégageaient de ce spectacle. Des lézards-de-feu ! Et ils étaient comme des dragons ! Juste beaucoup, beaucoup plus petits. Elle n'avait pas appris tous les Enseignements pour rien. Une reine dragon était dorée : elle s'accouplait avec le bronze qui pouvait voler plus vite qu'elle. Et c'est exactement ce qui se passait en ce moment avec les lézards-de-feu.

Oh, ils étaient si beaux à voir ! La reine s'était tournée vers le soleil et Menolly, bien que ses yeux fussent très perçants, pouvait à peine distinguer ce grain noir et la grappe qui le suivit.

Elle continua à marcher, suivant le groupe principal de lézards. Elle aurait parié n'importe quoi qu'elle aboutirait à la côte près des roches du Dragon. À l'automne dernier, son frère Alemi avait prétendu y avoir vu des lézards-de-feu à l'aube, se nourrissant sur les hauts-fonds. Son histoire avait provoqué une nouvelle poussée de ce que Petiron appelait la « fièvre du lézard ». Tous les gamins du fort avaient imaginé des plans destinés à capturer un lézard-de-feu. Ils avaient harcelé Alemi pour qu'il répète ce qu'il avait vu.

C'était aussi bien que ces roches fussent inapprochables. Même un navigateur expérimenté n'aurait pas bravé la traîtrise de ces courants. Mais si quelqu'un était certain qu'il y avait bien des lézards-de-feu là-bas... En tout cas personne ne l'apprendrait d'elle.

Même si Petiron avait été vivant, décida Menolly, elle ne lui aurait pas dit. Il n'avait jamais vu cet animal, bien qu'il eût admis auprès des enfants que les archives spécifiaient que les lézards-de-feu existaient vraiment.

— On peut les voir, lui avait dit Petiron plus tard, mais on ne peut pas les capturer. Il gloussa bruyamment. On a essayé depuis l'éclosion du Premier Œuf.

— Pourquoi ne peut-on pas les attraper ?

— Ils ne se laissent pas faire. Ils sont malins. Ils se contentent de disparaître...

— Ils peuvent aller dans l'Interstice comme les dragons ?

— On n'en a pas la preuve, dit Petiron, un peu agacé, comme s'il avait été trop présomptueux en suggérant une comparaison entre les lézards-de-feu et les grands dragons de Pern.

— Où pourraient-ils disparaître sinon ? avait voulu savoir Menolly. Qu'est-ce que l'Interstice ?

— Un endroit qui n'a pas d'existence. Petiron avait frisonné. Tu n'es ni ici ni là, et il fit un geste d'abord en direction de l'un des coins de la salle et puis vers le bassin de l'autre côté du fort. Il y fait froid, et c'est le néant. On ne voit rien, on n'entend rien, on n'y ressent rien.

— Vous avez chevauché un dragon ? Menolly avait été impressionnée.

— Une fois. Il y a de nombreux cycles. Il frisonna à nouveau à ce souvenir. Maintenant, puisque nous parlons de ce sujet, chante-moi le Chant de l'Énigme.

— Elle a été résolue. Pourquoi devons-nous la connaître à présent ?

— Chante-là moi pour que je sache que tu la connais, ma fille, avait dit Petiron avec irritation, sans aucune raison.

Petiron avait été très bon avec elle, Menolly le savait, et sa gorge se serra au souvenir de sa regrettée disparition. Était-il parti dans l'Interstice ? Comme le font les dragons quand ils perdent leurs cavaliers ou deviennent trop vieux pour voler ? Non, on ne laisse rien derrière soi quand on va dans l'Interstice. Petiron avait laissé son corps qu'on avait fait glisser dans les profondeurs de la mer. Il avait laissé bien davantage que son corps derrière lui. Chacune des chansons qu'il connaissait, chaque ballade, chaque doigté, accord ou pincement, chaque rythme. Grâce à son enseignement, aucune manière de jouer d'un instrument à cordes ne lui était étrangère, ni aucune cadence sur les tambours, où elle n'excellait. Elle pouvait siffler des doubles trilles avec sa langue ou sur des instruments à anche. Mais il y avait certaines choses que Petiron n'avait pas voulu — ou n'avait pas pu — lui révéler à propos de son propre monde. Menolly se demandait si c'était parce qu'elle était une fille et qu'il y avait des mystères que seul un esprit masculin pouvait comprendre.

— Eh bien, comme le lui avait dit un jour Mavi, il y a des énigmes féminines qu'aucun homme ne peut appréhender, ce qui met le score à égalité.

Et un point de plus pour le camp féminin, se dit Menolly en suivant les lézards-de-feu. Une simple fille avait vu ce que tous les garçons — et les hommes — du fort de Mer n'avaient que rêvé : des lézards-de-feu qui jouaient.

Ils avaient cessé de suivre la reine et ses bronzes et se livraient maintenant à de feintes batailles aériennes, piquant de temps à autre jusqu'à la terre. Même en dessous, semblait-il. Puis Menolly se rendit compte qu'ils devaient se trouver au-dessus des plages car elle pouvait entendre la mer.

Le sable glissait sous ses pieds. Un pas imprudent aurait pu la précipiter dans des trous d'eau. Elle changea de direction, restant sur les bouquets les plus épais d'herbes de marais. Le sol y serait plus ferme et elle serait moins visible pour les lézards.

Elle parvint à une légère élévation avant que l'escar-

pement ne se brise en une abrupte plongée vers les plages. Les roches du Dragon étaient visibles au large, à
demi voilées par une brume de chaleur. Elle pouvait
entendre les lézards-de-feu striduler et jacasser. Elle
s'accroupit dans les herbes et puis, allongée de tout
son long, elle rampa vers le bord de l'escarpement,
espérant les entrevoir à nouveau.

Ils étaient parfaitement visibles — merveilleusement
visibles. La marée était basse et ils étaient occupés sur
les hauts-fonds à ramasser des mites de roche dans les
grosses pierres retournées et découvertes, ou bien se
vautraient dans l'étroite marge entre sable rouge et
sable blanc, se baignant avec un remarquable enthousiasme dans de petites mares, déployant leurs ailes
pour les sécher. Il y eut plusieurs moments d'efferves-
cence quand deux lézards se disputaient le même morceau de choix.

Rien qu'en cela, décida-t-elle, ils devaient différer
des dragons ; elle n'avait jamais entendu dire que les
dragons se battaient entre eux pour quoi que ce fût. On
lui avait également raconté que voir des dragons préle-
ver leur nourriture dans un troupeau d'herbivores était
un spectacle horrible. Les dragons ne mangeaient pas
souvent, ce qui était aussi bien car toutes les ressour-
ces de Pern n'auraient pas suffi à les nourrir.

Les dragons aimaient-ils le poisson ? Menolly
gloussa, se demandant si la mer contenait des poissons
assez gros pour satisfaire l'appétit d'un dragon. Probablement ce poisson légendaire qui évitait toujours les
filets du fort.

Son fort envoyait sa dîme de produits de la mer,
salés, vinaigrés ou fumés au weyr de Benden. À l'occasion, un chevalier-dragon venait demander du poisson

frais pour une fête qui sortait de l'ordinaire, comme une éclosion. Et les femmes du weyr venaient chaque printemps pour ramasser des baies, couper de l'osier ou des herbes. Une fois, Menolly avait servi Manora, la femme qui dirigeait les cavernes inférieures de Benden, qui s'était montrée douce et très agréable. Elle n'avait pas été autorisée à rester longtemps dans la chambre parce que Mavi avait chassé ses filles prétextant qu'elle avait des choses à dire à Manora. Mais Menolly en avait vu assez pour savoir qu'elle lui plaisait.

Toute la volée de lézards reprit soudain l'air, surprise par le retour de la reine et du bronze qui l'accompagnait. Ils se posèrent tous deux, fatigués, dans les eaux chaudes et peu profondes, les ailes étendues comme s'ils étaient trop épuisés pour les replier. Le bronze allongea tendrement son cou près de celui de sa reine et ils flottèrent ainsi, pendant que les bleus leur offraient avec empressement les fingertails et mites de roche restant.

Ravie, Menolly observait derrière son écran de joncs. Elle était totalement captivée par ces actes insignifiants : se nourrir, se laver, se reposer. Peu à peu, seuls ou par deux, les lézards-de-feu de moindre importance prirent leur envol vers les premiers récifs entourés de mer, vite perdus de vue par Menolly alors qu'ils se cachaient dans les minuscules crevasses de leurs weyrs.

Avec une gracieuse dignité, la reine et son bronze cessèrent leur baignade et s'élevèrent. Comment parvenaient-ils à voler en entremêlant ainsi leurs ailes scintillantes ? Menolly l'ignorait. Ne faisant qu'un, ils montèrent en flèche puis glissèrent en une lente spirale vers les roches du Dragon, disparaissant du côté de l'océan.

C'est alors qu'elle prit conscience de l'inconfort de sa situation, du soleil brûlant sur son dos meurtri, du sable dans la ceinture de son pantalon, s'infiltrant dans ses chaussures, collant à ses mains et à son visage.

Avec précaution, elle se dégagea du bord de l'escarpement. Si les lézards-de-feu savaient qu'on les avait vus, ils pourraient ne pas revenir dans cette crique. Quand elle sentit qu'elle avait rampé assez loin, elle s'accroupit et parcourut ainsi une certaine distance.

Elle se sentait aussi privilégiée que si elle avait été convoquée au weyr de Benden. Elle bondit en se frappant les talons dans un élan d'allégresse et puis, avisant quelques épaisses tiges de joncs dans un taillis, en détacha une du bord de l'eau. Son père pouvait lui avoir confisqué son guitar, il y avait d'autres instruments que les instruments à cordes pour faire de la musique !

Elle mesura la bonne longueur de tige, coupa le reste et creusa adroitement six trous en haut et deux en bas, comme Petiron le lui avait appris. En quelques instants, elle jouait de sa flûte de roseau un air impertinent, brillant et gai, parce qu'elle se sentait gaie. Un air qui chantait la petite reine lézard, assise sur une roche près du clapotis de la mer, se faisant belle pour son bronze qui l'adorait.

Elle rencontra quelque difficulté par rapport à la construction classique et se vit obligée de changer quelques clés, mais après avoir répété la mélodie plusieurs fois, elle décida qu'elle l'aimait bien. Elle avait une sonorité très différente des airs que Petiron lui avait appris, différente de la forme traditionnelle. Elle sonnait comme un chant de lézard-de-feu : alerte, espiègle et secret.

Elle cessa de jouer, décontenancée. Les dragons connaissaient-ils les lézards-de-feu ?

CHAPITRE TROIS

> Observe, Seigneur ; apprends, Seigneur
> Du nouveau à chaque cycle.
> Le plus ancien peut être aussi le plus froid.
> Ressens le bien : trouve le vrai !

Quand Menolly revint enfin au fort, le ciel s'assombrissait. La salle bourdonnait de l'activité habituelle de fin de journée. Les anciens dressaient les tables pour le dîner, mettant de l'ordre et jacassant comme s'ils ne s'étaient pas vus depuis des cycles alors qu'ils s'étaient quittés le matin même.

Avec un peu de chance, pensa Menolly, elle pourrait descendre son sac jusqu'aux salles d'eau...

— Où es-tu allé chercher cette salade, Menolly ? À Nerat ? Sa mère surgit devant elle.

— Presque.

Immédiatement, Menolly vit que ces paroles effrontées tombaient mal. Mavi saisit brutalement le sac et en scruta l'intérieur avec méfiance.

— Si tout ce chemin a été du temps perdu... On a repéré une voile.

— Une voile ?

Mavi referma le sac et le remit entre les mains de Menolly.

— Oui, une voile. Tu devrais être rentrée depuis des heures. Qu'est-ce qui t'a pris d'aller si loin avec les Fils qui...

— Il n'y avait pas de salade plus près...

— Avec ces Fils qui peuvent tomber n'importe quand ? Tu es complètement folle.

— J'étais en sécurité. J'ai vu un chevalier-dragon qui patrouillait...

Cela plut à Mavi.

— Nous pouvons remercier le ciel d'être au service du weyr de Benden. C'est un très bon weyr. Mavi poussa sa fille vers l'étage des cuisines. Prends-les et assure-toi que les filles retirent bien chaque grain de sable. Qui sait ce que cette voile nous amène ?

Menolly se glissa au fond de la cuisine, sourde aux ordres des autres femmes qui voyaient en elle une assistante capable de les aider dans leurs tâches. Menolly se contentait de brandir son sac et de se diriger vers les salles d'eau. Là, quelques-unes des femmes les plus âgées encore capables récuraient les meilleurs plats et plateaux de métal avec du sable.

— Il me faut une cuvette pour ces herbes, tantine, dit Menolly, s'approchant de la rangée d'éviers de pierre.

— Les vieux éviers conviennent mieux à la salade que le sable, dit l'une des femmes d'une voix chevrotante, éraillée, et elle déplaça promptement sa pile de vaisselle dans l'évier auprès d'elle, tirant la bonde.

— Il y a plus de sable dans ces herbes que de nettoyage, fit remarquer une autre femme sur un ton acide.

— Oui, mais il faut le retirer, dit celle qui était serviable. Oh, quel joli bouquet d'herbes jaunes ! Où les as-tu trouvées à cette époque de l'année, mon enfant ?

— À mi-chemin de Nerat.

Menolly se retint de sourire devant leurs cris de consternation. La coursive au-devant du fort représentait leur plus grande sortie.

— Avec les chutes de Fils ? Vilaine fille ! As-tu entendu parler de la voile ? Qu'en penses-tu ? Le nouvel harpiste, qui d'autre ? Il y eut une explosion de caquetages, de rires et toutes sortes de suppositions au sujet d'un nouvel harpiste.

— Ils en envoient toujours un jeune, ici.

— Petiron était vieux !

— Il l'est devenu, comme nous !

— Comment t'en souviendrais-tu ?

— Pourquoi pas ? J'ai connu plus de harpistes que toi, ma fille.

— Sûrement pas ! Je viens des Sables Rouges à Ista...

— Tu es née au Demi-Cercle, vieille folle, et je t'ai mise au monde !

— Ah !

Menolly écouta les quatre vieilles femmes discuter jusqu'à ce qu'elle entende sa mère demander si les herbes avaient été lavées. Et où étaient les bons récipients et comment pouvait-elle faire quoi que ce soit dans tout ce remue-ménage ?

Menolly trouva une passoire assez grande pour contenir la salade lavée et monta la soumettre à l'inspection maternelle.

— Bien, cela fera l'affaire pour la table principale, dit Mavi, remuant les feuilles luisantes du bout de sa fourchette. Puis elle regarda sa fille. Tu ne peux pas te présenter dans cette tenue. Eh toi, Bardie, prends ces légumes et assaisonne-les. La bouteille brune sur la quatrième étagère dans le garde-manger. Toi, Menolly, aie la bonté de te débarrasser de ce sable et de t'habiller convenablement. Tu vas servir le vieil oncle. Dès qu'il ouvre la bouche, remplis-la, sinon on va l'entendre toute la soirée.

Menolly grogna. Le vieil oncle puait presque autant qu'il jacassait.

— Sella se débrouille beaucoup mieux avec lui...

— Sella va s'occuper de la table principale. Fais ce qu'on te dit et sois reconnaissante ! Mavi fixa durement sa fille rebelle pour lui rappeler sa situation délicate. Puis elle fut appelée ailleurs pour vérifier la sauce d'un poisson qui cuisait.

Menolly partit vers les salles de bains, essayant de se convaincre qu'elle avait de la chance de ne pas être complètement bannie de la salle ce soir-là. Même si charger du vieil oncle fût aussi proche que possible d'un bannissement. L'honneur obligeait le seigneur du fort à réunir toute sa maisonnée pour accueillir le nouvel harpiste.

Menolly retira rapidement sa tunique sale et ses hauts-de-chausses, et se glissa dans un bain chaud. Elle fit tourner ses épaules dans un sens puis dans l'autre pour que l'eau nettoie le sable et la sueur en lui faisant le moins mal possible. Ses cheveux étaient également pleins de sable de la plage et elle les lava. Elle se hâtait parce qu'elle aurait beaucoup à faire avec le vieil oncle. Il valait mieux qu'il fût installé dans son siège devant l'âtre avant que les autres n'arrivent pour le dîner.

Se drapant dans ses vêtements sales, Menolly, pensant qu'il y avait peu de monde, dans le haut fort à cette heure de la journée, prit le risque de se rendre au dortoir des filles. Elle fonça dans les escaliers faiblement éclairés qui menaient des salles de bains à l'étage du dortoir. Tous les brilleurs du couloir principal étaient découverts, ce qui signifiait que le nouvel harpiste, si c'était bien lui, aurait droit à une visite guidée du fort. Elle se rua en bas des escaliers étroits qui menaient aux dortoirs des filles et entra dans son alcôve à toute vitesse.

Lorsqu'elle se rendit à la chambre de vieil oncle, plus tard, elle dut lui laver le visage et les mains et passer une chemise propre par-dessus ses épaules osseuses, tandis qu'il caquetait à propos d'un sang neuf dans le fort et qui — hé ! hé ! — le nouvel harpiste allait épouser ? Il avait une ou deux choses à dire au harpiste, qu'on lui donne sa chance, et pourquoi était-elle si brutale ? Ses os lui faisaient mal. Cela devait être à cause du changement de temps parce que ses vieilles jambes ne manquaient jamais de l'avertir. Ne l'avaient-elles pas prévenu lors de la dernière grosse tempête ? Deux bateaux avaient été perdus, avec leur équipage. S'ils avaient fait attention à ses avertissements, ce ne serait pas arrivé. Son propre fils était le pire de tous pour ne pas écouter ce que lui disait son père et pourquoi le bousculait-elle ainsi ? Il aimait prendre son temps. Non, est-ce qu'il ne pourrait pas avoir la tunique bleue ? Celle que sa fille lui avait faite, assortie à ses yeux, elle avait dit. Et pourquoi Turlon n'était-il pas venu le voir aujourd'hui comme il l'avait demandé et redemandé, encore et encore ; mais qui faisait encore attention à lui ?

Le vieil homme était si frêle qu'il n'était pas un fardeau pour une fille aussi vigoureuse que Menolly. Elle le porta en bas des marches tandis qu'il se plaignait de gens qui étaient morts avant qu'elle ne vît le jour. La notion du temps chez le vieil oncle était faussée, c'était ce que lui avait dit Petiron. Les années dont l'éclat était le plus fort dans la mémoire du vieil homme étaient celles de sa jeunesse, quand il était seigneur du fort de Mer du Demi-Cercle, avant qu'une ligne de chalut emmêlée n'eût sectionné ses jambes au-dessous du genou.

La grande salle était presque prête quand Menolly y pénétra avec lui.

— Ils entrent dans le bassin, disait quelqu'un tandis que Menolly installait le vieil oncle dans son siège spécial près du feu. Elle le couvrit bien de peaux confortables et serra la sangle qui le maintiendrait d'aplomb. Quand il s'énervait, Vieil Oncle avait tendance à oublier qu'il n'avait plus de pieds.

— Qui entre au bassin ? Qui arrive ? Qu'est-ce que c'est que tout ce vacarme ?

Menolly le lui dit et il se calma. Quelques instants plus tard, il demanda en ronchonnant si quelqu'un allait lui donner à manger ou bien s'il était supposé rester assis là, sans dîner ?

Sella, dans la robe qu'elle avait passé tout l'hiver à confectionner, tournoya près de Menolly, tenant à la main un petit paquet.

— Donne-lui ça à manger s'il fait des difficultés ! Et elle s'éloigna avant que Menolly ne pût dire un mot.

Ouvrant le paquet, Menolly vit des boules de gomme préparées à partir d'algues parfumées de graines pourpres. On pouvait mâcher ces bonbons pendant des heures en gardent la bouche fraîche et humide. Rien d'étonnant à ce que Stella se fût montrée capable de contenter le vieil homme ! Menolly gloussa et puis se demanda pourquoi Sella s'était montrée si serviable. Cela avait dû lui être un plaisir d'apprendre que Menolly avait été privée de son rôle de harpiste. Mais le savait-elle ? Mavi ne lui aurait pas dit. Bah, de toute façon, le nouvel harpiste était là.

Maintenant qu'elle avait installé Vieil Oncle, sa curiosité reprit le dessus et elle se glissa près des fenêtres. il n'y avait plus trace de voile dans le port à présent, mais elle pouvait voir le rassemblement d'hommes, tenant des brilleurs levés, qui s'avançaient le long du rivage depuis le bassin en direction du fort proprement dit. Mais aussi perçants que fussent ses yeux, Menolly ne pouvait pas distinguer les nouveaux visages.

Le vieil oncle commença l'un de ses monologues d'une voix haut perchée, Menolly fila donc le rejoindre avant que sa mère ne s'aperçût qu'elle avait déserté son poste. Il y avait un tel remue-ménage : mettre la nourriture sur les tables, verser le vin dans les coupes de bienvenue, accueillir les invités, que personne ne prêtait attention à ce que Menolly pouvait faire ou ne pas faire.

À cet instant, Vieil Oncle reprit ses esprits et la fixant de ses yeux brillants.

— Qu'est-ce que c'est que toute cette agitation aujourd'hui, ma fille ? Une bonne prise ? Des épousailles ? Qu'est-ce qui se passe ?

— Tout le monde pense qu'un nouvel harpiste est arrivé, Vieil Oncle.

— Pas encore un ? Il était dégoûté. Les harpistes ne sont plus ce qu'ils étaient quand j'étais seigneur de Mer, et de loin ! Je me rappelle un harpiste que nous avions...

Sa voix retentit clairement dans la salle soudain tranquille.

— Menolly ! La voix de sa mère était basse, mais la fermeté du ton ne pouvait lui échapper.

Menolly fouilla dans la poche de sa jupe, trouva deux bonbons et les fourra dans la bouche du vieil homme. Ce qu'il se préparait à dire, quoi que ce fût, fut interrompu par la nécessité de mastiquer les deux grosses boules de gomme. Il marmonna de contentement et se mit à mâcher, à mâcher encore et encore.

Toute la nourriture avait été servie et chacun s'était assis avant que Menolly ait pu apercevoir un seul des nouveaux arrivants. Il y avait un nouvel harpiste. Elle entendit son nom avant de voir son visage. Elgion, le harpiste Elgion. Elle entendit dire qu'il était jeune et de belle allure, et qu'il avait apporté deux guitars, deux flûtes de bois et trois tambours, chacun dans son étui de peau de wherry durci. On lui dit aussi qu'il avait été victime d'un violent mal de mer en traversant la baie de Keroon et qu'il ne faisait pas honneur au somptueux dîner donné en son honneur. Avec lui était venu un artisan de l'atelier de forge qui se chargerait du travail du métal pour le nouveau bateau et d'autres réparations hors de portée des métallurgistes du fort. On lui dit enfin qu'on avait un besoin urgent au fort de Igen de tout le poisson fumé ou salé dont le fort pourrait se passer par retour du navire.

De sa place, Menolly ne pouvait apercevoir que l'arrière des têtes à la haute table et parfois le profil de l'un des visiteurs, c'était frustrant. Le vieil homme et tous les autres anciens dont les os douloureux leur valaient une place près du feu n'en voyaient pas plus.

Les tantes étaient, comme d'habitude, occupées à se

chamailler pour savoir qui avait eu les meilleures parts de poisson, et Vieil Oncle décida de les rappeler à l'ordre, seulement il avait oublié qu'il avait la bouche pleine et il s'étrangla. Les tantes se tournèrent alors vers Menolly et l'engagèrent à le gaver afin de lui assurer une mort prématurée.

Menolly ne pouvait rien entendre avec tout ce tohu-bohu. Elle essayait de se réconforter à l'idée d'écouter le harpiste chanter, comme il le ferait certainement à la fin de cet interminable repas. Mais il faisait très chaud si près du grand feu et la chaleur rendait l'odeur de l'oncle plus forte que jamais ; en outre, elle était épuisée par toutes les fatigues de la journée.

Elle fut tirée d'une demi-somnolence par le grondement soudain des lourdes bottes de mer qui emplit la salle. Elle se secoua pour se réveiller complètement et vit la haute silhouette du nouvel harpiste à la table principale. Il tenait son guitar et se mettait en position, décontracté, un pied posé sur le banc de pierre.

— Vous êtes sûrs que cette salle ne tangue pas ? demanda-t-il, grattant quelques cordes pour accorder l'instrument.

On lui assura que la salle n'avait pas bougé depuis de très nombreux cycles, et qu'elle n'avait jamais tangué. Le harpiste fit mine de n'être pas rassuré en relevant un peu la corde du sol (au soulagement de Menolly), puis le guitar gémit comme une âme tourmentée par le mal de mer.

Alors qu'une cascade de rires parcourait l'assistance, Menolly tendit le cou pour voir comment son père prenait cette introduction. Le seigneur du fort avait peu d'humour. L'accueil d'un harpiste était une chose sérieuse, et Elgion ne semblait pas en être conscient.

Petiron avait souvent raconté à Menolly avec quel soin on choisissait les harpistes en fonction du fort auquel ils étaient destinés. Personne n'avait donc prévenu Elgion du caractère de son père ?

Soudain le vieil oncle interrompit les premières notes par un éclat de rire.

— Ah ! Un homme qui a de l'humour ! C'était ce qu'il nous fallait dans ce fort ! Du rire. De la musique ! Ça m'a manqué. Des airs gais, des chansons amusantes. Joue-nous une chansonnette à se tenir les côtes, Harpiste ! tu connais celles qui me plaisent.

Menolly était atterrée. Elle fouilla dans la poche de sa jupe pour prendre quelques-unes des boules tout en faisant taire l'oncle. C'était exactement le type d'incident qu'elle était supposée éviter.

Le harpiste Elgion se tourna vers la source de cette demande et s'inclina respectueusement devant le vieux gentilhomme près de l'âtre.

— J'aimerais pouvoir, Vieil Oncle, dit-il avec la plus grande courtoisie, mais notre époque est grave, ses doigts égrenèrent des notes profondes et sombres, très graves même et nous avons laissé les rires et la légèreté derrière nous. Nous devons nous dresser devant les problèmes qui surgissent... Il exhorta à obéir au weyr et à honorer les chevaliers-dragons.

Les boules de gomme poisseuses s'étaient réchauffées et collaient au tissu de sa poche, mais Menolly finit par en sortir quelques-unes et les mit dans la bouche du vieil homme qui se mit à mastiquer avec colère, lucide et fâché qu'on lui ferme ainsi la bouche. Il mâchait aussi vite que possible, avalant pour s'éclaircir la gorge afin de pouvoir à nouveau se plaindre.

Menolly savourait la force et l'émotion qui se dégageaient de la nouvelle chanson. Elgion le harpiste avait une riche voix de ténor, forte et sûre. C'est alors que l'oncle eut le hoquet. Bruyamment, bien sûr. Et il recommença à se plaindre, ou du moins à essayer. Menolly lui chuchota de retenir sa respiration, mais furieux qu'on ne le laissât pas parler, il commença à taper sur le bras de son fauteuil, accompagnant à contretemps le chant du harpiste. Tout le bruit attira sur la jeune fille les regards courroucés de la table principale.

L'une des tantes lui tendit un peu d'eau pour le vieil homme, qu'il renversa sur Menolly. Alors Sella vint la rejoindre et lui fit comprendre par gestes qu'elles allaient le ramener dans ses appartements à l'instant même.

Il avait toujours le hoquet quand elles le mirent au lit, et il continuait à battre l'air de ses bras et à articuler des bribes de récriminations.

— Tu devras rester avec lui jusqu'à ce qu'il se calme, Menolly, ou il va tomber du lit. Pourquoi donc ne lui as-tu pas donné les boules de gomme ? Elles le font toujours taire, dit Sella.

— Je l'ai fait. C'est ça qui a déclenché son hoquet.

— Tu ne peux jamais rien faire convenablement, n'est-ce pas ?

— S'il te plaît, Sella. Reste avec lui. Tu t'en occupes beaucoup mieux que moi. Je l'ai eu toute la soirée et je n'ai pas pu entendre un mot...

— On t'a dit de le tenir tranquille. Tu ne l'as pas fait. Tu restes là. Et Sella sortit de la pièce, laissant Menolly se débrouiller.

Ainsi s'acheva la première des dures journées qui

attendaient Menolly. Il fallut des heures pour que le vieil homme se calme et s'endorme. Ensuite, alors qu'elle regagnait péniblement son alcôve, sa mère la réprimanda vertement pour avoir laissé l'oncle embarrasser tout le fort. Elle ne lui laissa aucune chance de s'expliquer.

Le jour suivant, les Fils tombèrent, les retenant tous à l'intérieur du fort durant des heures. Après la chute, elle dut partir avec les équipes de lance-flammes. Certains Fils avaient atteint les marais et il fallut des heures de marche pénible dans les marécages gluants et la vase sableuse pour en venir à bout.

Elle était déjà fatiguée au retour de cette corvée, mais la journée n'était pas finie car il fallu encore aider à charger les grands filets et à préparer les bateaux pour un chalutage de nuit. La marée était propice.

On la leva avant l'aube le matin suivant pour vider et saler les poissons de la prise qui avait été phénoménale. Cela prit toute la journée et elle se mit au lit tellement épuisée qu'elle se contenta de se débarrasser de ses vêtements sales et de s'enfouir dans ses fourrures pour dormir.

Le jour suivant fut consacré à la réparation des filets, travail ordinairement plaisant parce que les femmes du fort en profitaient pour bavarder et chanter. Mais son père désirait que les filets fussent prêts rapidement de manière à profiter de la marée du soir pour une nouvelle pêche au large. Aussi chacun était-il penché sur son ouvrage sans prendre le temps de chanter ou de parler tandis que le seigneur rôdait parmi eux.

Il paraissait regarder Menolly plus que quiconque, et elle se sentait maladroite. Elle se demanda si le nouvel harpiste avait trouvé à redire à son enseignement. Petiron lui avait dit qu'il n'y avait qu'une manière d'enseigner les Ballades et les sagas et, puisqu'elle les avait convenablement apprises, elle avait dû transmettre son savoir correctement. Mais alors pourquoi semblait-elle autant contrarier son père ? Pourquoi lui jetait-il si souvent des regards furieux ? Était-il toujours fâché qu'elle eût laissé le vieil oncle radoter ?

Cela la tracassa suffisamment pour qu'elle en parle à sa sœur ce soir-là, quand les bateaux furent enfin partis et que tout le monde put se détendre un peu.

— Fâché au sujet de l'oncle ? Sella haussa les épaules. De quoi diable parles-tu, ma fille ? Qui se souvient de ça ? Tu penses trop exclusivement à toi, Menolly, c'est ton plus gros problème. Pourquoi Yanus s'occuperait-il de toi d'une manière ou d'une autre ?

Le mépris de Sella rappela à Menolly avec une cruelle acuité qu'elle n'était qu'une jeune fille grandie trop vite, la cadette d'une grande famille et, par conséquent, de peu d'importance. Être insignifiante n'était pas une consolation, même s'il était moins probable, pour cette raison, que son père fît attention à elle. Ou se souvienne de ses gaffes. Mais ne se souvenait-il pas qu'elle avait chanté ses propres chansons aux enfants ? Peut-être que Sella l'avait oublié ? Mais Sella était-elle seulement au courant ?

Probablement, se dit Menolly en essayant de trouver un coin confortable pour son corps fatigué dans la paille du vieux lit. Dans ce cas, les paroles de Sella concernant son égocentrisme s'appliquaient encore davantage à elle-même qui était sans cesse préoccupée de sa personne et de son apparence.

Sella était assez âgée pour être mariée avec quelque bénéfice pour le fort. Son père n'avait que trois adoptés pour le moment, mais quatre des six frères de Menolly étaient partis pour d'autres forts de Mer apprendre leur métier. Maintenant, avec un harpiste pour parler à nouveau en leur nom à tous, peut-être y aurait-il d'autres arrangements ?

Les femmes du fort passèrent le jour suivant à laver le linge. La journée était ensoleillée et le séchage serait rapide. Menolly espérait avoir une chance de demander à sa mère si le nouvel harpiste avait découvert des fautes dans son enseignement, mais cette occasion ne se présenta pas. En revanche, elle se fit une fois de plus réprimander par Mavi à cause de ses vêtements pas raccommodés ; des fourrures de son lit pas brossées ; de ses cheveux, de son apparence négligée et de sa paresse en général.

Ce soir-là, Menolly se contenta d'avaler son bol de soupe et de disparaître dans un coin sombre de l'immense cuisine afin de ne pas se faire remarquer une fois de plus, tout en se demandant pourquoi elle était à ce point incomprise et isolée.

Ses pensées ne cessaient de revenir à la faute qu'elle avait commise en jouant quelques mesures d'une de ses propres chansons. Cela, et le fait d'être une fille, seule capable d'enseigner et de jouer en l'absence d'un harpiste véritable.

Oui, soupire-t-elle en conclusion, c'était la raison de sa disgrâce. Personne ne voulait que le Harpiste sût que les enfants avaient reçu l'enseignement d'une fille. Mais, si elle n'avait pas enseigné correctement, alors c'est que Petiron lui avait tout appris de travers. Ça ne collait pas. Par ailleurs, si le vieil homme avait réellement écrit au maître harpiste à son sujet, le nouvel harpiste n'aurait-il pas dû éprouver quelque curiosité, chercher à la rencontrer ? Peut-être ses chansons n'étaient-elles pas aussi bonnes que l'avait pensé le vieux Petiron ?

Petiron ne les avait probablement jamais envoyées au maître harpiste. Et le message que le fort avait reçu ne la concernait pas. En tout cas, le paquet avait maintenant quitté le manteau de la cheminée de la salle des archives. Et, au train où allaient les choses, Menolly ne pourrait jamais s'approcher assez d'Elgion pour se présenter à lui.

Aussi sûr que le soleil se lèverait, Menolly devinait ce qu'elle allait devoir faire le lendemain — ramasser de nouvelles herbes et des joncs pour rempailler tous les lits du fort. C'était exactement à cela que penserait sa mère pour quelqu'un d'aussi mal vu.

Elle se trompait. Les bateaux rentrèrent au port juste après l'aube, leurs soutes remplies de poissons jaunes et de packtails. Le fort tout entier fut occupé à vider, saler et préparer la cave à fumer.

De tous les poissons de la mer, ceux que Menolly détestait le plus étaient les packtails. Un affreux poisson, couvert d'arêtes effilées ; il en suintait une bave visqueuse et gluante qui pénétrait la chair des mains et les faisait peler. Le packtail était essentiellement une tête et une gueule mais en entaillant l'extrémité antérieure, on détachait la queue émoussée, arrondie, de la colonne vertébrale. Grillé aussitôt, c'était succulent ; fumé, on pouvait l'adoucir plus tard en le rôtissant ou en le faisant bouillir, il était alors aussi parfumé que le jour où il avait été péché. Mais c'était le poisson le plus délicat et le plus difficile à vider, et celui qui sentait le plus mauvais.

Au milieu de la matinée, le couteau de Menolly

dérapa le long du poisson qu'elle découpait, lui entaillant profondément la paume de la main gauche. La douleur et le choc furent si grands qu'elle resta interdite, regardant stupidement les os de sa main, jusqu'à ce que Sella s'aperçût qu'elle ne suivait pas le rythme des autres.

— Menolly, encore en train de rêver... Oh, pour l'amour de... Mavi ! Mavi ! Sella pouvait être énervante, mais elle ne perdait pas la tête. Aussi saisit-elle le poignet de Menolly et stoppa le jet de sang de l'artère sectionnée.

Quand Mavi arriva et la conduisit à l'écart des autres qui travaillaient dur, Menolly fut prise d'un sentiment de culpabilité. Tout le monde la regardait comme si elle s'était délibérément blessée pour éviter de travailler. L'humiliation et les accusations silencieuses dont elle se sentit victime brouillèrent ses yeux de larmes, et non la douleur ou l'horrible sensation qui montaient de sa main.

— Je ne l'ai pas fait exprès, laissa-t-elle échapper alors qu'elles arrivaient à l'infirmerie du fort. Sa mère la regarda avec surprise.

— Qui a dit le contraire ?

— Personne ! C'est juste qu'ils avaient l'air de le penser !

— Ma fille, tu penses vraiment beaucoup trop à toi. Je t'assure que personne n'a eu une telle idée. Maintenant tiens ta main comme ça un moment.

Le sang jaillit quand Mavi relâcha sa pression sur le tendon du poignet. Pendant un instant, la jeune fille crut qu'elle allait s'évanouir, mais elle était décidée à ne plus penser à elle. Elle fit comme si la main que Mavi allait soigner n'était pas la sienne.

Mavi mettait avec habileté un tourniquet en place et désinfectait la plaie avec une lotion piquante fabriquée à partir d'herbes. La main de Menolly s'engourdissait, accroissant son détachement par rapport à sa blessure. Le saignement s'arrêta, mais, sans savoir pourquoi, elle se sentait incapable de regarder sa blessure. Elle observait l'expression concentrée de sa mère qui recousait les vaisseaux endommagés et refermait la longue entaille. Puis elle enduisit la coupure d'une grande quantité de baume et banda la main de linges moelleux.

— Là ! Espérons que j'ai retiré toute cette bave de packtail de la plaie.

La contrariété et le doute firent grimacer Mavi, et Menolly eut peur. Soudain, d'autres incidents lui revinrent en mémoire : des femmes qui avaient perdu leurs doigts et...

— Ma main va guérir, n'est-ce pas ?

— Il y a bon espoir.

Mavi ne mentait jamais, et la boule de peur dure et compacte commença à se dénouer.

— Tu devrais en retrouver l'usage. En tout cas assez pour les usages les plus courants.

— Que veux-tu dire ? Les usages les plus courants ? Je ne serais plus capable de jouer ?

— Jouer ? Mavi jeta à sa fille un long regard dur, comme si elle venait de faire allusion à une chose interdite. Ces jours-là sont terminés, Menolly. Tu as laissé l'enseignement derrière toi...

— Mais le nouvel harpiste a de nouvelles chansons... La ballade qu'il a chantée le premier soir... je ne l'avais jamais entendue. Je ne connais pas les accords. Je veux apprendre... Elle s'interrompit, effrayée par le visage fermé de sa mère et par la lueur de pitié qui brillait dans ses yeux.

— Même si tes doigts fonctionnent à nouveau correctement après cette coupure, tu ne joueras plus. Console-toi en te disant que Yanus a été très indulgent quand le vieux Petiron était mourant...

— Mais Petiron...

— Assez de mais. Tiens, bois ça. Je veux que tu te mettes au lit avant que ça ne t'endorme. Tu as perdu beaucoup de sang, et je ne peux pas me permettre de te voir t'évanouir en mon absence.

Abasourdie par ces paroles, Menolly sentit à peine le goût amer du vin aux herbes. Elle trébucha, bien que soutenue par sa mère, dans les escaliers qui montaient à son alcôve. Elle avait froid malgré les couvertures, froid à l'âme. Mais la boisson avait été généreusement dosée, et elle ne put en combattre les effets. Sa dernière pensée consciente fut affreuse, l'impression d'avoir été injustement privée de la seule chose qui avait rendu sa vie supportable. Elle savait maintenant ce que devait ressentir un chevalier qui avait perdu son dragon.

CHAPITRE QUATRE

> Noir, très noir, noir absolu
> Et plus froid que la glace.
> Où est l'Interstice, là ou rien n'existe
> Rien ne vit hors les fragiles ailes du dragon ?

Dans la soirée, la main de Menolly avait enflé en dépit du soin que sa mère avait apporté à nettoyer la blessure, et elle était fiévreuse. Une des vieilles tantes était assise auprès d'elle, plaçant des linges frais sur sa tête et sur son visage, fredonnant doucement ce qu'elle pensait être une chanson réconfortante. Cette intention manquait son but car, même dans son délire, Menolly était consciente que la musique lui était désormais interdite. Cela l'irrita et l'empêcha de se reposer. Finalement Mavi lui administra une dose généreuse de jus de fellis et de vin, et elle sombra dans un paisible et profond sommeil.

Ce qui se révéla être une bénédiction car la main était si enflée qu'il était évident qu'un peu de bave de packtail était passée dans le sang. Mavi appela une autre des femmes du fort averties de ce genre de problème. Par chance pour Menolly, elles décidèrent de relâcher les grossiers points de suture pour permettre un meilleur écoulement du pus. Elles la maintinrent sous fortes doses de calmants et changèrent toutes les heures le cataplasme brûlant posé sur son bras et sa main.

Les infections dues aux packtails étaient pernicieuses, et Mavi craignait une amputation afin d'empêcher le mal de s'étendre. Elle était constamment aux côtés de sa fille, attention dont Menolly aurait été ravie si elle avait été consciente. Heureusement, les vilaines lignes rouges disparurent le soir du quatrième jour. L'enflure diminua et les bords de la terrible entaille reprirent la couleur plus saine de la chair qui se reconstitue.

Durant tout son délire, Menolly ne cessa de « les » supplier d'une voix si pitoyable de la laisser jouer une fois de plus, juste une fois, que le cœur de Mavi se serra à la pensée que cette cruelle malchance avait rendu la réalisation de ce vœu impossible. La main resterait estropiée à jamais. Ce qui était aussi bien car certaines questions du nouvel harpiste agaçaient Yanus. Elgion voulait absolument savoir qui avait appris aux enfants les Ballades et les Chants d'Enseignement. Au début, pensant que Menolly avait été loin d'être aussi talentueuse que tout le monde l'avait pensé, Yanus avait dit à Elgion qu'un adopté s'était chargé de la tâche et qu'il était retourné dans son fort juste avant son arrivée.

— Qui que ce soit, il a le savoir-faire d'un bon harpiste, dit Elgion à son nouveau seigneur. Le vieux Petiron était un excellent professeur.

De manière inattendue, ce compliment gêna Yanus. Il ne pouvait revenir sur ses paroles et ne voulait pas admettre devant Elgion que cette personne était une fille. Il décida donc de laisser les choses en l'état. Aucune fille ne pouvait être harpiste, de toute façon. Menolly était trop âgée pour faire partie d'une classe et il veillerait à ce qu'elle soit occupée jusqu'à ce qu'elle en vienne à penser à sa musique comme à un caprice d'enfant.

Au moins n'avait-elle pas déshonoré le fort.

Il était, évidemment, désolé que la jeune fille se fût coupée si cruellement, et pas seulement parce qu'elle était bonne travailleuse. Toutefois, cela la tiendrait à l'écart du harpiste jusqu'à ce qu'elle oublie ces airs stupides. Pourtant, une ou deux fois, pendant la maladie de Menolly, sa douce voix limpide lui manqua dans les canons, qui étaient la manière dont elle et Petiron avaient l'habitude de chanter.

Il se passait des choses excitantes dans les forts et les weyrs d'après ce qu'Elgion lui confia en privé. Des problèmes aussi, assez graves et ennuyeux pour écarter de son esprit un sujet aussi mineur qu'une jeune fille blessée.

L'une des questions d'Elgion qui revenaient le plus souvent concernait l'attitude du fort de Mer envers leur weyr, Benden. Il était curieux de connaître la fréquence de ses contacts avec les anciens du weyr d'Ista. Que ressentaient Yanus et les habitants de son fort vis-à-vis des chevaliers-dragons ? Vis-à-vis du seigneur du weyr et de sa dame du weyr de Benden ? En voulaient-ils aux chevaliers-dragons de leur quête de jeunes garçons et filles des forts et des ateliers pour en faire des chevaliers-dragons ? Est-ce que Yanus ou l'un des membres du fort avait jamais assisté à une éclosion ?

Yanus répondait aussi brièvement que possible, et au début cela parut satisfaire le harpiste.

— Le Demi-Cercle a toujours payé sa dîme au weyr de Benden, même avant la chute des Fils. Nous connaissons nos devoirs envers notre weyr, et ils connaissent le leur à notre égard. Pas un seul nid de Fils depuis que la chute a commencé il y a plus de sept cycles. Les anciens ? Eh bien, le Demi-Cercle étant lié au weyr de Benden, nous ne voyons pas grand-monde des autres weyrs, pas autant que ceux de Keroon ou de Nerat quand les Fils recouvrent les frontières de deux weyrs. Nous sommes très heureux que les anciens soient venus par l'Interstice d'un passé éloigné de nombreuses centaines de cycles pour aider notre époque. Les hommes-dragons sont toujours les bienvenus au Demi-Cercle. Que viennent le printemps et l'automne, les femmes sont là de toute façon, ramassant des prunes de littoral ou des baies de marais, des herbes et tout ça. Qu'ils soient tous bienvenus. Jamais rencontré la dame du weyr Lessa. Je la vois sur sa reine Ramoth dans le ciel après une Chute de temps en temps. Le seigneur du weyr, F'lar, est un chic type. La quête ? Qu'ils trouvent un gars qui ferait l'affaire au Demi-Cercle, cela nous honorerait, et il aurait notre bénédiction.

Le problème ne s'était jamais posé au seigneur du fort ; personne au Demi-Cercle n'avait jamais eu à répondre à une quête. Ce qui était aussi bien, se disait Yanus en lui-même. S'il arrivait qu'un gamin soit choisi, tous les autres jeunes se plaindraient de ne pas l'avoir été. Et sur les mers de Pern, il valait mieux garder l'esprit à ce qu'on faisait, pas à rêver. C'était déjà suffisamment ennuyeux d'avoir ces fichus lézards-de-feu qui apparaissaient de temps à autre près des roches du Dragon. Quoique, personne ne pouvant approcher assez des récifs pour attraper un lézard, au fond, cela ne faisait pas de mal.

Le nouvel harpiste avait été prévenu que son seigneur était un homme sans imagination, renfermé et travaillant dur. Il lui faudrait donc beaucoup de doigté pour provoquer un changement des mentalités. Car le maître harpiste Robinton désirait que ses émissaires amènent chaque seigneur de fort et chaque maître d'atelier à penser au-delà des besoins immédiats de leurs terres, ateliers ou peuples.

Les harpistes n'étaient pas de simples conteurs d'histoires et interprètes de chansons ; ils étaient des arbitres de justice, les confidents des seigneurs et maîtres d'ateliers, et les formateurs de la jeunesse.

Maintenant plus que jamais, il fallait ouvrir les esprits et conduire chacun, des plus jeunes aux plus âgés, à considérer Pern dans sa totalité plutôt que sa région et ses problèmes particuliers. Beaucoup de vieilles habitudes devaient être remises en cause.

Si F'lar du weyr de Benden n'avait pas bousculé les traditions et si Lessa n'avait pas accompli son fantastique saut de quatre cents cycles en arrière dans le temps pour ramener les cinq weyrs manquants et leurs chevaliers-dragons, Pern aurait succombé aux Fils, sa végétation entièrement détruite. De même que Pern et les weyrs avaient profité de ces actions, de même, les forts et les ateliers en tireraient profit s'ils s'ouvraient aux nouvelles idées, aux nouvelles façons d'appréhender les choses.

Le Demi-Cercle devrait s'étendre, pensait Elgion. Les quartiers d'habitation actuels devenant inconfortables.

Les enfants lui avaient dit qu'il y avait d'autres cavernes dans les escarpements voisins. Et la caverne du Bassin pourrait accueillir davantage que l'actuelle trentaine de bateaux qui y étaient ancrés, parfaitement à l'abri.

Pour son premier poste de harpiste, Elgion ne se trouvait pas trop mal tombé. Il avait ses propres appartements bien équipés dans le fort, assez à manger, même si la nourriture à base de poisson put rapidement peser à un homme habitué à la viande rouge. Quant aux habitants, ils étaient dans l'ensemble agréables, quoique un peu austères.

Une chose le déconcertait : qui avait aussi parfaitement éduqué les enfants ? Dans son message au maître harpiste, Petiron mentionnait un compositeur possible au Demi-Cercle, et il avait joint deux partitions de mélodies qui avaient fortement impressionné le maître. Petiron avait également fait part de difficultés à propos de ce compositeur. Un nouvel harpiste, — Petiron se savait mourant quand il avait écrit — devrait procéder avec prudence, ce fort étant très traditionaliste et replié sur lui-même.

Elgion, certain que le compositeur se ferait connaître, se gardait de tout commentaire mais, d'après les deux chansons qu'on lui avait montrées, il considérait leur auteur comme un authentique musicien. Toutefois, s'il s'agissait d'un adopté ayant provisoirement quitté le fort, il lui fallait attendre son retour.

Elgion s'était vite arrangé pour visiter tous les forts plus petits qui se trouvaient dans l'enceinte et pour connaître tous les gens par leurs noms. Les jeunes filles flirtaient avec lui ou lui jetaient des regards éperdus et soupiraient quand il jouait le soir dans la grande salle.

A aucun moment il ne put se rendre compte que Menolly était la personne qu'il cherchait. Le seigneur du fort ayant dit aux enfants que le harpiste n'apprécierait pas de savoir qu'une fille s'était occupée d'eux, ils se gardèrent donc de le lui dire afin de ne pas déshonorer leur fort. Et après que Menolly se fut coupée si cruellement, le bruit ayant couru qu'elle ne pourrait plus jamais s'en servir, on fit comprendre à chacun qu'il serait indélicat de lui demander de chanter le soir.

Lorsque Menolly se rétablit, mais avec une raideur à la main, personne ne fut assez étourdi pour lui parler de musique. Elle-même se tenait à l'écart des chants de la grande salle. Par ailleurs, ne pouvant se servir correctement de sa main pour participer aux travaux du fort, elle était fréquemment envoyée à l'extérieur pendant la journée pour ramasser des herbes et des fruits, en général seule.

Si Mavi s'interrogeait sur le calme et la passivité de sa plus jeune enfant, elle pensa que sa pénible convalescence en était la cause. Sachant que le temps effaçait toute douleur, elle fit de son mieux pour occuper sa fille afin de la distraire.

Ramasser des herbes et des fruits était une activité qui convenait parfaitement à Menolly. Cette activité la tenait à l'écart du fort, à l'air libre, loin des gens. Elle dégustait son verre du matin, son pain et son poisson, tranquille dans la grande cuisine pendant que tout le monde s'agitait pour servir les hommes du fort qui partaient à la pêche ou en revenaient après une nuit en mer. Ensuite Menolly préparait ses affaires, prenait un des filets ou une fronde de peau. Elle invoquait n'importe quelle raison pour sortir et la vieille tante chargée de l'office la laissait aller.

Alors que le printemps réchauffait l'air et couvrait les marais de vert et de fleurs de couleurs vives, les araignées-soldats sortirent de l'océan pour pondre leurs œufs dans les eaux peu profondes du rivage. Ces crustacés à la chair généreuse étaient délicieux et, après les avoir séchés ou fumés, on les servait en accompagnement de nombreux plats. Les jeunes du fort, avec Menolly, furent envoyés avec des pièges, des piques et des filets pour s'en emparer. En quatre jours, les criques des alentours furent nettoyées de leurs araignées-soldats et les jeunes ramasseurs durent aller plus loin sur la côte pour en trouver d'autres. Mais la menace des Fils étant constante, on leur recommanda d'être très prudents et de ne pas trop s'éloigner.

Un autre danger préoccupait Yanus : les marées avaient été inhabituellement fortes durant ce cycle. L'eau était beaucoup plus haute dans le port et les deux gros sloops ne pouvaient plus entrer ou sortir de la caverne sans être démâtés. Le niveau des marées hautes, était scrupuleusement noté et la constatation de son élévation permanente était saluée de nombreux hochements de tête.

Les cavernes les plus basses du fort étaient vérifiées pour repérer toute possibilité d'infiltration. Des sacs de sable furent remplis et placés le long des parties inférieures des digues qui entouraient le port. Une bonne tempête et les chaussées seraient inondées.

Yanus, très préoccupé, interrogeait longuement le vieil oncle pour savoir s'il se souvenait de quelque chose du temps où les cieux étaient plus cléments. Vieil Oncle fut enchanté de parler et il divagua sur l'influence des étoiles. Mais quand Yanus, Elgion et deux des plus anciens commandants de navires eurent démêlé ses paroles, ils s'aperçurent qu'ils n'avaient pas appris grand-chose. Tout le monde savait que les deux lunes avaient une influence sur les marées, mais non les trois étoiles les plus brillantes du ciel.

Ils envoyèrent un message au fort de Igen concernant ces curieuses marées afin qu'il fût transmis le plus vite possible au principal atelier de la mer. Yanus ne voulait pas que ses plus gros bateaux se trouvent coincés en haute mer, et il vérifiait soigneusement les marées, déterminé à les garder dans la caverne du Bassin si la mer montait encore d'une main.

Lorsque les plus jeunes sortaient ramasser des araignées-soldats, on leur recommandait de garder les yeux ouverts et de rendre compte de tout phénomène inhabituel, particulièrement des nouvelles marques de marées hautes sur le rivage. Seule la crainte des Fils retenait les plus téméraires d'utiliser ces recommandations comme prétexte à des excursions plus lointaines le long de la côte. Aussi Menolly, qui préférait explorer seule les endroits les plus distants, faisait allusion aux Fils le plus souvent possible.

Un jour, après une chute de Fils, alors que chacun avait été envoyé ramasser des araignées-soldats, Menolly, allongeant le pas, s'assura une bonne avance sur les garçons. C'est bon d'aller ainsi, pensa-t-elle en se mettant à courir pour distancer d'une autre dune ses poursuivants les plus proches. Elle ralentit le pas en arrivant en terrain accidenté : ce n'était pas le moment de se briser une cheville. Mais courir était une chose que même une fille handicapée d'une main pouvait accomplir correctement.

Menolly chassa cette réflexion. Elle avait trouvé une astuce pour éviter de penser : elle comptait. À cet instant, elle comptait ses foulées. Elle continua de courir, balayant du regard le terrain devant elle afin de voir où elle mettait les pieds. Les enfants ne la rattraperaient plus désormais, mais elle courait pour le plaisir de l'effort physique, chantant un chiffre à chaque foulée. Elle courut jusqu'à attraper un point de côté et des douleurs dans les cuisses.

Elle ralentit alors, tourna son visage vers la brise qui venait du large, inhalant profondément sa fraîcheur et les senteurs de la mer. Elle fut quelque peu surprise par la distance qu'elle venait de parcourir le long de la côte. Les roches du Dragon étaient visibles dans la clarté de l'air, et ce ne fut qu'à ce moment qu'elle se souvint de la petite reine. Malheureusement, elle se rappela aussi l'air qu'elle avait composé ce jour-là : le dernier jour, se rendit alors compte Menolly, d'innocence de son enfance.

Elle continua de marcher, suivant la ligne des crêtes, scrutant les escarpements de roches à la recherche de nouvelles marques de hautes eaux. La marée était à mi-parcours, se dit-elle. En effet, elle pouvait voir la ligne de débris laissés par la dernière marée à certains endroits, sur la partie frontale de la falaise qui dominait une longue plage.

Un mouvement au-dessus d'elle, une soudaine occultation du ciel, lui fit lever les yeux. Un chevalier en patrouille. Tout en sachant qu'il ne pouvait pas la voir, elle ne put s'empêcher de faire de grands signes en contemplant le vol gracieux du couple qui disparaissait dans le lointain.

Sella lui avait dit un soir, alors qu'elles préparaient les lits, qu'Elgion avait volé plusieurs fois sur des dragons. Sella avait eu un délicieux frisson de peur, jurant qu'elle n'aurait jamais le courage de chevaucher un dragon. Menolly avait alors pensé qu'il était peu probable que Sella en eût l'occasion. La plupart des commentaires de Sella, et probablement ses pensées, tournaient autour du nouvel harpiste. Elle n'était pas la seule dans ce cas, d'après ce que savait Menolly qui trouvait que l'attitude de toutes les filles du fort à l'égard du harpiste Elgion était ridicule. Mais cela ne la blessait pas autant que de penser aux harpistes en général.

Une fois encore, elle entendit les lézards-de-feu avant de les voir. Leurs pépiements et leurs cris excités indiquaient que quelque chose les irritait. Elle se courba et avança jusqu'au bord de la crête surplombant la plage. L'étendue de sable était considérablement réduite et les lézards-de-feu voletaient au-dessus d'un point de cette étroite bande situé juste à son aplomb.

Elle se rapprocha encore du bord, et baissa les yeux. Elle pouvait voir la petite reine qui fonçait vers les vagues comme si elle avait pu les arrêter à force de battements d'ailes. Puis, elle se replia hors de la vue de Menolly, tandis que les autres lézards-de-feu continuaient à tournoyer et piquer, un peu comme des herbivores effrayés tournent en rond affolés par les prédateurs qui les encerclent. La reine poussait les cris les plus aigus de sa petite voix perçante, essayant à l'évidence de leur faire faire quelque chose.

Incapable d'imaginer de quelle urgence il pouvait

s'agir, Menolly se pencha un peu plus en avant. La bordure tout entière de la falaise s'effondra. S'accrochant désespérément aux ajoncs, elle essaya d'éviter la chute. Mais les herbes glissèrent dans ses mains en les coupant et elle fut emportée vers le bas.

Elle heurta le sol de la plage avec un tel choc qu'il résonna dans tout son corps bien que le sable humide eût absorbé une bonne partie de l'impact. Elle resta étendue pendant quelques minutes, essayant de reprendre son souffle, puis elle se remit tant bien que mal sur ses jambes et rampa pour s'abriter d'une vague qui déferlait.

Elle jeta un coup d'œil du côté de la falaise et fut surprise de constater qu'elle tombait d'une hauteur de dragon ou plus. Comment allait-elle remonter ? En examinant la surface, elle se rendit compte qu'il n'était pas impossible d'escalader la falaise. Certes, elle était presque à pic, mais parsemée d'escarpements et de corniches, certaines assez larges. Si elle pouvait trouver suffisamment de prises pour ses pieds et ses mains, elle y parviendrait. Elle ôta le sable de ses mains et commença à marcher en direction de l'une des extrémités de la petite crique, cherchant avec soin la voie la plus facile.

Elle avait avancé de quelques pas quand quelque chose plongea sur elle en poussant des cris de fureur stridents. Elle n'eut que le temps de lever les mains pour protéger son visage. La petite reine plongeait à nouveau sur elle. Menolly se soumit au curieux comportement des lézards. La reine agissait comme si elle protégeait quelque chose, tout autant de Menolly que de la mer qui gagnait du terrain. Elle regarda autour d'elle et s'aperçut qu'elle était à deux doigts de marcher sur un nid de lézards-de-feu.

— Oh, je suis désolée. Je suis désolée. Je ne l'avais pas vu ! Ne sois pas furieuse contre moi, cria Menolly alors que le lézard revenait à l'assaut. Je t'en prie ! Arrête ! Je ne leur ferai aucun mal !

Afin de prouver sa sincérité, Menolly revint sur ses pas vers l'autre bout de la plage où elle dut se baisser sous un petit surplomb. Quand elle regarda aux alentours, elle n'aperçut pas la petite reine. Mais son soulagement fut de courte durée, car comment allait-elle trouver un chemin vers le sommet de la falaise si les lézards-de-feu l'attaquaient à chaque fois qu'elle approchait les œufs ? Menolly se voûta, tentant de trouver une position confortable dans son étroit refuge. Peut-être en restant à l'écart des œufs ? Elle scruta la falaise juste au-dessus d'elle. Il semblait y avoir quelques prises possibles. Elle sortit de son trou ne perdant pas de vue le nid qui chauffait au soleil brûlant, et atteignit le premier rebord.

Le lézard fut aussitôt sur elle.

— Oh, laisse-moi tranquille ! Ouste ! Va-t-en ! Je m'en vais.

Les ergots du Lézards lui lacérèrent le visage.

— Je t'en prie ! Tes œufs ne risquent rien !

Le passage suivant de la petite reine rata de justesse Menolly qui se réfugia sous la corniche.

Le sang coulait d'une longue estafilade, et elle l'épongea avec le bord de sa tunique.

— Es-tu complètement stupide ? demanda Menolly à son attaquant invisible. Que veux-tu que je fasse de tes fichus œufs ? Garde-les. Je veux juste rentrer chez moi. Tu ne peux pas comprendre ? Je veux juste rentrer à la maison.

Peut-être que si je m'assieds et reste bien tranquille,

elle m'oubliera, pensa-t-elle en repliant ses genoux contre sa poitrine, mais ses orteils et ses coudes dépassaient du surplomb.

Soudain un lézard-de-feu bronze se matérialisa au-dessus de la couvée, piaillant avec insistance. Menolly vit la reine piquer pour le rejoindre, ce qui indiquait qu'elle devait se trouver sur le dessus de la corniche, attendant qu'elle se mette à découvert.

Quand je pense que j'ai fait une jolie chanson pour vous, se dit Menolly en regardant les deux lézards qui voletaient au-dessus des œufs. La toute dernière que j'ai composée. Vous êtes des ingrats, voilà ce que vous êtes !

En dépit de sa position inconfortable, elle ne put s'empêcher de rire. Quelle situation impossible ! Coincée sous une étroite corniche par une créature pas plus grosse que son avant-bras.

L'éclat de son rire fit s'envoler les deux lézards. Effrayés, semblait-il. Par un rire ?

« Un sourire vaut mieux qu'une grimace », aimait à répéter Mavi. Peut-être que si je continue à rire, ils comprendront que je suis une amie ? Ou bien la peur les tiendra-t-elle à l'écart assez longtemps pour que je puisse grimper ? Sauvée par le rire ?

Menolly commença à glousser avec application, non sans remarquer que la marée montait plutôt rapidement. Elle sortit de son abri, balança son sac par-dessus son épaule et commença à grimper. Mais il s'avéra difficile de rire en grimpant. Le souffle lui manquait.

Brusquement, la petite reine et le bronze furent sur elle, la harcelant en volant autour de sa tête et de son visage. Leurs ailes d'apparence fragile étaient dangereuses quand ils les utilisaient comme des armes.

Cessant de rire, Menolly regagna son renfoncement, se demandant ce qu'elle allait faire.

Si le rire les avait surpris, quel serait l'effet d'une chanson ? Peut-être qu'avec une ou deux mesures de son air, ils la laisseraient partir ? Elle n'avait plus chanté depuis le jour où elle les avait aperçus pour la première fois aussi sa voix était enrouée et peu sûre. Tant pis, les lézards « sauraient » ce qu'elle voulait dire, espérait-elle en entamant sa petite chanson. Sans auditoire.

— Bien, autant pour cette idée, marmonna Menolly pour elle-même. Ce qui rend le manque d'intérêt pour ton chant absolument unanisme.

Pas de public ? Pas l'ombre d'un lézard-de-feu en vue ? Aussi vite qu'elle le pût, elle se glissa hors de son abri et se retrouva, en une fraction de seconde, face à face avec deux lézards. Elle se baissa tandis qu'ils s'envolaient car, lorsqu'elle jeta un coup d'œil prudent, le rebord où ils étaient perchés était désert.

Elle avait la nette impression que leur attitude manifestait de la curiosité et de l'intérêt.

— Écoutez, où que vous soyez, vous pouvez m'entendre... Voulez-vous y rester et me laisser partir ? Une fois en haut de la falaise, je vous chanterai une sérénade jusqu'au coucher du soleil. Laissez-moi seulement grimper là-haut.

Elle commença à chanter, un chant empli de respect pour les dragons, tout en sortant une fois de plus de son refuge. Elle avait progressé d'environ cinq pas quand la reine apparut, avec du renfort. Devant ses piaillements, elle fut contrainte de battre en retraite. Elle put entendre les griffes qui raclaient la roche au-

dessus d'elle. Elle devait avoir un vrai public maintenant. Alors qu'elle n'en avait pas besoin !

Avec précaution, elle leva la tête, et rencontra
dix paires d'yeux tourbillonnants et fascinés.

— Écoutez, je vous propose un marché ! Une longue
chanson et puis vous me laissez remonter. C'est
d'accord ?

Les yeux des lézards tourbillonnèrent de plus belle.

Menolly l'interpréta comme une acceptation du marché et se mit à chanter. Sa voix déclencha des battements d'ailes et des pépiements de surprise et d'excitation, elle se demanda si par quelque incroyable bizar-
rerie ils comprenaient réellement que ce chant concernait l'hommage rendu par les forts reconnaissants aux
chevaliers-dragons. Au dernier couplet, elle sortit à
découvert, stupéfaite de voir une reine et neuf bronzes
en extase devant sa prestation.

— Je peux m'en aller maintenant ? demanda-t-elle
en posant une main sur la corniche.

La reine plongea sur sa main qu'elle retira vivement.

— Je croyais que nous avions fait un marché !

La reine émit un cri pitoyable, et Menolly comprit
qu'elle n'avait pas cherché à la menacer. Elle voulait
juste l'empêcher de grimper.

— Tu ne veux pas que je parte ? demanda Menolly.

Les yeux de la reine parurent briller avec plus
d'éclat.

— Mais je dois m'en aller. Si je reste, l'eau va monter et me noyer. Et Menolly accompagna ses paroles de
gestes explicatifs.

Soudain, la reine laissa échapper un cri perçant,
parut se tenir immobile un moment en plein air et

84

puis, suivie de près par ses bronzes, elle vola au-dessus de la plage de sable droit sur ses œufs. Elle resta en suspens au-dessus d'eux, ses cris excités exprimant une extrême urgence.

Si la marée montait assez vite pour mettre en danger Menolly, elle était tout aussi dangereusement près d'engloutir les œufs. Les petits bronzes commencèrent à reprendre la plainte de la reine et plusieurs d'entre eux, plus audacieux, tournèrent autour de sa tête puis allèrent faire des cercles autour du nid.

— Je peux y aller maintenant ? Vous ne m'attaquerez pas ? Menolly avança de quelques pas.

La tonalité des cris changea, et Menolly accéléra le pas. Quand elle atteignit le nid, la reine en retira un œuf. Avec force battements d'ailes, elle le souleva. Que l'effort fût grand était évident. Les bronzes restaient au-dessus, manifestant leur anxiété à grands cris, mais, étant beaucoup plus petits, ils étaient incapables d'aider la reine.

Menolly vit alors qu'à cet endroit la base de la falaise était jonchée de coquilles brisées et de pauvres corps de minuscules lézards-de-feu, les ailes à demi étendues, luisantes du fluide restant dans les œufs. À présent la petite reine avait soulevé un œuf jusqu'à une saillie, que Menolly n'avait pas encore vue, à peu près à une demi-hauteur de dragon sur la face de la falaise. Elle put voir le petit animal poser son œuf sur le rebord et le faire rouler avec ses pattes de devant vers ce qui devait être un trou de la falaise. Il fallut longtemps avant que la reine ne réapparut à nouveau. Puis elle plongea vers la mer, vola au-dessus de la crête écumante d'une vague qui s'écrasa dangereusement près de la couvée. Avec un mouvement flou, la reine vint voler en face de Menolly, la houspillant comme une vieille tante.

Bien que Menolly ne pût s'empêcher de sourire, elle se sentit emplie de pitié et d'admiration pour le courage de la petite reine essayant à elle seule de sauver sa couvée. Si les lézards morts étaient à ce point formés, les œufs étaient proches de l'éclosion. Pas étonnant que la reine pût à peine les déplacer.

— Tu veux que je t'aide à déplacer tes œufs, c'est ça ? Eh bien, voyons ce qu'on peut faire !

Prête à sauter en arrière si elle avait mal compris les ordres impérieux de la reine, Menolly ramassa un œuf avec beaucoup de précaution. Il était chaud au toucher et dur. Les œufs de dragon, elle le savait, étaient mous au moment de la ponte mais ils durcissaient lentement sur les sables chauds des sols d'éclosion des weyrs. Ceux-ci devaient vraiment être près d'éclore.

Refermant prudemment les doigts de sa main abîmée autour d'un œuf, Menolly chercha et trouva des prises pour ses mains et ses pieds, et parvint au rebord où se trouvait la reine. Elle déposa doucement l'œuf. La petite reine apparut, plaça possessivement une patte de devant sur l'œuf, et se pencha en avant, vers le visage de Menolly, si près que les fantastiques mouvements des yeux à multiples facettes étaient clairement visibles. Elle poussa une sorte de douce stridulation et puis, l'air très sérieux, commença à houspiller Menolly tout en faisant rouler son œuf vers la sécurité.

La fois suivante, Menolly réussit à prendre trois œufs dans sa main. Mais il était évident qu'entre la marée montante et le nombre effarant d'œufs qui comportait la couvée, la course serait serrée.

— Si le trou était plus grand, dit-elle à la petite reine

86

en déposant les trois œufs, quelques bronzes pourraient t'aider à les faire rouler.

La reine ne lui prêta pas attention, occupée qu'elle était à pousser les trois œufs en sûreté, un par un.

Menolly scruta la cavité, mais le corps du lézard bouchait la vue. Si le trou était plus grand et la saillie par conséquent plus large, Menolly pourrait apporter le reste des œufs dans son sac.

Espérant que la falaise ne s'effondrerait pas, enterrant la reine, la couvée et tout le reste, Menolly poussa doucement sur les bords de l'ouverture. Il semblait y avoir de la roche compacte juste au-delà. Elle tira d'un coup sur les pierres branlantes, jusqu'à dégager un joli tunnel avec une entrée un peu plus large.

Ignorant les protestations furieuses de la reine, elle redescendit et défit son sac en atteignant le sol. Quand la petite reine la vit mettre les œufs dans son sac, elle devint folle, la frappant à la tête et aux mains.

— Maintenant, écoute-moi bien, dit Menolly sévèrement, je ne suis pas en train de voler tes œufs. J'essaye de les mettre tous en sécurité. Je peux le faire avec le sac, mais pas avec les mains.

Menolly attendit un moment, regardant la reine qui était suspendue à hauteur de ses yeux.

— Tu as compris ? Elle montra les vagues, qui déferlaient avec de plus en plus de force sur la petite plage. La marée monte. Même des dragons ne pourraient pas l'arrêter. Elle mit un autre œuf dans son sac. De cette manière, elle n'aurait à faire que deux, voire trois voyages pour ne pas risquer de briser les œufs. Je porte ceci, et elle fit un geste en direction du rebord, là-haut. Tu comprends, stupide animal ?

De toute évidence, la petite créature comprit car,

tout en pépiant d'impatience, elle alla se poster sur la saillie, les ailes à demi dépliées en observant l'escalade de Menolly qui pouvait monter plus vite en se servant de ses deux mains. Et elle pouvait aussi, avec précaution, faire rouler les œufs directement de l'ouverture du sac dans le tunnel.

— Tu ferais mieux d'aller chercher les bronzes pour qu'ils t'aident maintenant ou le rebord va déborder.

Il fallut en tout trois voyages à Menolly, et alors qu'elle effectuait sa dernière remontée, l'eau n'était plus qu'à un pied du nid. La petite reine avait organisé ses bronzes, et Menolly pouvait l'entendre les houspiller dans ce qui devait être une caverne d'assez grande taille, au-delà du tunnel. Ce qui n'avait rien de surprenant puisque ces escarpements étaient supposés être truffés de grottes et de passages.

Menolly jeta un dernier coup d'œil à la plage, recouverte d'eau à hauteur de cheville sur les deux extrémités de la crique. Elle regarda vers le haut, au-delà du rebord. Elle était maintenant largement à la moitié de la falaise, et il lui sembla voir assez de prises pour finir l'ascension.

— Au revoir !

On lui répondit par une salve de piaillements, et elle gloussa en imaginant la scène : la reine dirigeant les bronzes pour qu'ils placent les œufs aux bons endroits.

Elle ne parvint pas à gravir la falaise sans passer par de mauvais moments, et c'est épuisée qu'elle s'effondra enfin dans les ajoncs au sommet, sa main gauche douloureuse. Elle resta étendue là jusqu'à ce que son cœur cessât de cogner contre ses côtes et que son souffle redevînt normal. Une brise venue de l'intérieur la rafraîchit et sécha son visage, tout en lui rappelant qu'elle avait l'estomac vide. Les efforts de son ascension avait transformé les petits pains qu'elle avait dans sa poche en un amas de miettes qu'elle avala aussi vite qu'elle put les rassembler.

L'énormité de son aventure la frappa soudain, et elle hésita entre le rire et la stupéfaction. Pour s'assurer de la réalité de cette aventure, elle rampa prudemment vers le bord de l'escarpement. La plage était submergée. La cuvette sableuse dans laquelle les œufs de lézard avaient cuit était progressivement effacée par la marée. Les débris qui l'avaient accompagnée dans sa chute avait été dissous et emportés. Quand la marée se retirerait, toutes les traces de l'énergie dépensée à se sauver et à sauver les œufs disparaîtraient. Elle pouvait voir l'avancée de roche sur laquelle la reine avait fait rouler ses œufs, mais aucun signe de lézards-de-feu. Les vagues s'écrasaient avec une obstination inébranlable sur les roches du Dragon, mais aucune brillante flèche de couleur ne se découpait sur les sombres rochers déchiquetés.

Menolly tâta sa joue : ses éraflures étaient encroûtées de sang et de sable.

C'était bien arrivé !

Comment la petite reine avait-elle su que je pourrais l'aider ? Personne n'avait jamais suggéré que les lézards-de-feu fussent stupides. Ils étaient certainement assez malins pour échapper à tous les pièges et embûches qu'on leur avait tendus depuis d'innombrables cycles. En fait, ces créatures étaient si rusées qu'on avait fini par douter de leur existence. Cependant, quelques hommes dignes de confiance les avaient réellement vus, mais de loin comme son frère Alemi qui en avait repéré autour des roches du Dragon, et depuis la plupart des gens finissaient par admettre que les lézards-de-feu n'étaient tout de même pas une création d'esprits trop imaginatifs.

Menolly aurait juré que la petite reine l'avait comprise. Comment aurait-elle pu l'aider sinon ? Ceci prouvait à quel point ces petites bêtes étaient intelligentes. Assez, en tout cas, pour échapper aux gamins qui essayaient de les capturer... Menolly fut épouvantée à cette idée. Capturer un lézard-de-feu ? L'enfermer ? Non, pensa-t-elle avec soulagement, l'animal ne resterait pas pris bien longtemps. Il lui suffirait de disparaître dans l'Interstice.

Mais pourquoi la petite reine n'était-elle pas du tout simplement allée dans l'Interstice avec sa couvée au lieu de les transporter péniblement un par un ? Ah, oui, l'Interstice était l'endroit le plus froid qu'on connût. Et le froid aurait endommagé les œufs. Ne le seraient-ils pas maintenant dans cette caverne froide ? Hmmm... Menolly regarda vers le bas. Enfin, si la reine était aussi sensée qu'elle l'avait montré jusqu'à présent, elle rassemblerait toute sa cour et lui ferait couver les œufs pour les garder au chaud jusqu'à l'éclosion.

Menolly retourna ses poches dans l'espoir de trouver de nouvelles miettes, car elle avait encore faim. Elle aurait pu chercher des fruits précoces ou des roseaux, excellents à manger, mais elle n'avait pas envie de quitter l'escarpement. Il était pourtant peu probable que la reine reparût maintenant qu'elle n'avait plus besoin d'elle.

Finalement Menolly se leva et se sentit courbatue par cet exercice inhabituel. Sa main la faisait légèrement souffrir, et la longue cicatrice était rouge et un peu enflée. Pourtant, quand elle étendit les doigts, il lui sembla que sa main s'ouvrait plus facilement. Oui, c'était vrai. Elle pouvait presque allonger complètement ses doigts. Cela faisait mal, mais c'était une bonne douleur. Pourrait-elle ouvrir sa main suffisamment pour jouer à nouveau ? Elle replia les doigts comme pour faire un accord. Cela la fit souffrir, mais cette douleur était un progrès vers la souplesse. Peut-être qu'en faisant davantage travailler sa main... Elle l'avait épargnée jusqu'à aujourd'hui où elle s'en était servie sans y prêter attention.

— Eh bien, tu m'as également rendu service, petite reine, cria Menolly, lançant ses paroles dans la brise et agitant les bras au-dessus de sa tête. Tu vois ? Ma main va mieux.

Il n'y eut pas de réponse, ni pépiement, ni bruit d'aucune sorte hormis le doux bruissement de la brise de mer et du clapotis des vagues contre la falaise. Pourtant Menolly se plut à croire que ses paroles avaient été entendues. Elle se tourna vers l'intérieur des terres, se sentant considérablement soulagée et plutôt heureuse de son travail de la matinée.

Elle devait faire vite maintenant et rassembler ce qu'elle pourrait de salade et de baies de printemps. Il était inutile de chercher des araignées-soldats avec une marée aussi haute.

CHAPITRE CINQ

> O, langue, fais naître la joie et chante
> L'espoir et les promesses sur le souffle du dragon,

Personne ne remarqua Menolly quand elle rentra au fort. Sagement, elle fit son rapport sur les marées au maître du port.

— Tu ne devrais pas aller si loin, ma fille, lui dit-il gentiment. Les Fils sont susceptibles de tomber d'un jour à l'autre maintenant, tu sais. Comment va cette main ?

Elle marmonna quelque chose qu'il n'entendit pas, un commandant de navire ayant crié pour attirer son attention.

Le repas du soir fut abrégé car tous les commandants se rendirent à la caverne du Bassin pour vérifier la marée, les navires et les mâts. Ce remue-ménage permit à Menolly de rester à l'écart et de regagner l'alcôve et la tranquillité de son lit le plus tôt possible. Là, elle se remémora l'incroyable aventure du matin. Elle était certaine que la reine l'avait comprise. Tout comme les dragons, les lézards devaient sentir ce qu'une personne avait dans l'esprit et le cœur. C'était la raison pour

laquelle ils disparaissaient si facilement quand les garçons essayaient de les attraper. Ils avaient aussi aimé sa
chanson.

Elle ferma le poing, ignorant le spasme de douleur
de sa main à nouveau raide, puis le desserra. Les bronzes avaient attendu pour voir ce qu'allait faire la reine.
C'était elle qui détenait la sagesse, l'audace. Qu'est-ce
que Petiron rappelait sans cesse ? « La nécessité est
mère de solution. »

Les lézards-de-feu comprenaient-ils vraiment les
gens, même lorsqu'ils s'en tenaient loin ? se demanda
Menolly, déconcertée. Certes, les dragons comprenaient leurs cavaliers, mais ils recevaient leur marque.
Petiron avait dit un jour que le dragon n'entend que
celui qui l'a marqué. Alors comment la petite reine
l'avait-elle comprise ?

« La nécessité ? »

Pauvre reine ! Comme elle avait dû paniquer en
voyant que la marée allait recouvrir ses œufs ! Elle les
déposait probablement dans cette crique depuis Dieu
sait combien de temps.

Combien de temps vivent les lézards-de-feu ? Les dragons vivent aussi longtemps que leurs cavaliers. Il arrivait que cela ne soit pas très long depuis la chute des
Fils. Bon nombre de cavaliers avaient été blessés à
mort ainsi que leurs dragons. Les lézards-de-feu
vivraient-ils davantage dans la mesure où ils étaient
plus petits et avaient une vie moins dangereuse ? Les
questions fusaient dans l'esprit de Menolly, comme les
éclats des lézards-de-feu, pensa-t-elle en se blotissant
dans la chaleur de ses fourrures.

Elle essaierait d'y retourner le lendemain, peut-être
avec de la nourriture. Elle songea que les lézards aime-

raient les araignées-soldats et qu'ainsi elle pourrait gagner la confiance de la reine. Peut-être vaudrait-il mieux attendre ? Ne pas y aller durant quelques jours ? Et puis, avec les Fils qui tombaient si souvent, il était dangereux de trop s'éloigner de la sécurité du port.

Que se passera-t-il quand les œufs de lézards-de-feu arriveront à éclosion ? Quel spectacle ce sera ! Ah ! Tous les gars du port qui parlaient d'attraper un lézard-de-feu ! Elle, Menolly, ne les avait pas seulement vus, mais leur avait parlé et avait manipulé leurs œufs ! Si elle avait de la chance, elle pourrait même voir une éclosion. Cela devrait être aussi merveilleux que d'assister à une éclosion de dragon dans l'un des weyrs ! Personne, pas même Yanus, n'avait assisté à une éclosion.

Compte tenu de ces pensées excitantes, il fut très étonnant que Menolly parvînt à s'endormir.

Le matin suivant, sa main l'élançait et elle était toute raide. Son projet de retourner à la crique des roches du Dragon fut compromis par le temps. Une tempête avait soufflé du large cette nuit-là, frappant le port à grands coups de vagues. Même les eaux de la caverne du Bassin étaient agitées et les bourrasques de vent étaient si capricieuses et violentes que marcher du fort à la caverne s'avérait dangereux.

Les hommes se rassemblèrent dans la grande salle pendant la matinée, réparant le matériel et tressant des filins. Mavi organisa ses femmes en une grande campagne de nettoyage des pièces du fort central. Menolly et Sella furent si souvent envoyées à la réserve des brilleurs que Sella jura qu'elle n'aurait plus besoin de lumière pour retrouver son chemin.

Menolly travaillait d'assez bon cœur, vérifiant les

brilleurs dans chacune des pièces du fort. Il valait mieux travailler que penser. Ce soir, elle ne pourrait pas s'échapper de la grande salle. Tout le monde étant resté enfermé la journée, le besoin de divertissement se ferait sentir. Tous viendraient à la grande salle où le harpiste jouerait certainement. Menolly frissonna : c'était inévitable, il lui faudrait écouter de la musique de temps à autre. Elle ne pouvait fuir éternellement. Au moins, elle chanterait avec les autres. Mais elle découvrit bientôt qu'elle n'aurait même pas ce plaisir. Mavi lui fit un signe quand le harpiste commença à accorder son guitar. Et quand il appela chacun à se joindre à lui dans les refrains, Mavi la pinça si fort qu'elle lui coupa la respiration.

— Ne hurle pas. Tu peux chanter doucement comme il convient à une fille de ton âge, lui dit-elle. Ou bien ne chante pas du tout.

De l'autre côté de la salle, Sella chantait, complètement faux, et assez fort pour être entendue au weyr de Benden ; mais quand Menolly ouvrit la bouche pour protester, elle se fit à nouveau pincer.

Elle ne chanta donc pas du tout mais resta assise près de sa mère, engourdie et blessée, pas même capable d'apprécier la musique et tout à fait consciente que sa mère était monstrueusement injuste.

Il ne suffisait pas qu'elle ne puisse plus jouer d'un instrument — pas encore — il fallait en plus lui interdire de chanter ! Alors pourquoi tout le monde l'encourageait lorsque le vieux Petiron était vivant ? Pourquoi étaient-ils si heureux de l'entendre qu'ils lui demandaient de chanter sans arrêt ?

Puis Menolly aperçut son père qui la regardait, le visage sévère, agitant une main, pas vraiment au rythme de la musique mais plutôt à celui d'une agitation intérieure. C'était lui qui ne voulait pas qu'elle chante ! Ce n'était pas juste ! Ce n'était vraiment pas juste ! Manifestement, ils savaient qu'elle ne venait pas d'habitude, et cela les arrangeait. Ils ne voulaient pas d'elle ici.

Elle s'arracha de la poigne de sa mère et, ignorant les chuchotements de Mavi lui intimant de revenir et se tenir correctement, elle se faufila hors de la salle.

Ceux qui la virent sortir pensèrent avec tristesse que c'était pitié qu'elle se fût abîmée la main et ne veuille même plus chanter.

Partir de cette manière allait mettre Mavi à ses trousses dès qu'il y aurait une pause des chants. Aussi Menolly prit ses fourrures et un brilleur et alla s'installer dans une des chambres inutilisées où personne ne la trouverait. Elle prit également ses vêtements. Si la tempête se calmait, elle irait dès le matin voir les lézards-de-feu. Eux, ils aimaient ses chansons. Et ils l'aimaient, elle !

Elle se leva avant tout le monde, avala un bol de klah et un peu de pain, remplit sa giberne et sortit. Son cœur cognait dans sa poitrine pendant qu'elle luttait avec les grandes portes de métal de l'entrée du fort. Ne les ayant jamais ouvertes auparavant, elle ne s'était pas rendu compte qu'elles étaient aussi massives. Elle ne pouvait évidemment pas remettre la barre, mais ça n'était pas vraiment nécessaire.

La brume ondulait au-dessus des eaux tranquilles du port, les entrées de la caverne du Bassin étaient visibles, taches plus sombres dans la grisaille. Le soleil commençait à chauffer derrière le brouillard et son instinct lui dit que le ciel allait bientôt se dégager.

Tandis qu'elle descendait à grandes enjambées la large route du fort, des écharpes de brume se soulevaient et tourbillonnaient autour de ses pas. Menolly fut ravie de voir quelque chose lui céder le passage, même s'il ne s'agissait que d'une chose aussi nébuleuse que le brouillard. La visibilité était limitée, mais elle reconnaissait le chemin grâce à la forme des pierres le long de la route et, bientôt, elle commença à grimper vers l'escarpement, entourée des brumes caressantes.

Elle coupa plus ou moins par l'intérieur vers le premier marais. Une tasse de klah et un quignon de pain ne constituaient pas un repas suffisant, et elle se rappela l'existence de quelques buissons de baies de marais intacts. Elle avait dépassé la première butte quand la brume se retira devant la lumière éblouissante du soleil de printemps qui lui fit presque mal aux yeux.

Elle trouva son bosquet de baies de marais, en cueillit une poignée qu'elle mangea aussitôt et une autre qu'elle fourra dans son petit sac.

Maintenant qu'elle voyait son chemin, elle courut à petites foulées jusqu'à une crique. La marée s'était suffisamment retirée pour permettre le ramassage des araignées-soldats. Cela constituerait une belle offrande à la reine des lézards-de-feu, se dit-elle en remplissant son sac et en se demandant si les lézards pouvaient chasser dans le brouillard.

Quand Menolly eut parcouru avec son sac pesant plusieurs longues vallées et collines arrondies, elle commença à se dire qu'elle aurait mieux fait d'attendre un peu avant de ramasser les araignées. Elle avait chaud et était fatiguée. Tombée l'excitation due à sa fugue, elle se sentait déprimée. Parcourir tout ce chemin au milieu des marées dangereux, au fond pour quoi faire ? Probablement que personne n'aurait remarqué son absence. Personne ne se rendrait compte que c'était elle qui avait laissé les portes du fort sans barre, sérieuse infraction aux règles de sécurité. Menolly ne connaissait pas bien la raison de cette règle car qui aurait voulu entrer dans le fort s'il n'avait rien à y faire ? Il y existait un certain nombre de précautions scrupuleusement observées au fort de Mer qui n'avaient pas grand sens à ses yeux ; par exemple, la barre qui fermait les portes chaque soir, les brilleurs qu'on ne laissait jamais découverts dans une pièce inoccupée, alors qu'on le faisait dans les couloirs. Les brilleurs n'avaient rien à incendier, et leur lumière dans quelques pièces auraient évité le désagrément de se cogner les tibias.

Non, réfléchissait-elle, personne ne s'apercevrait de son départ jusqu'à ce que se présente un travail déplaisant ou ennuyeux convenant à une jeune fille ne disposant que d'une main. Personne ne penserait donc que c'était elle qui avait ouvert la porte. Puisqu'elle était souvent absente dans la journée, personne ne penserait à elle avant le soir où quelqu'un se demanderait peut-être où elle avait bien pu passer.

C'est alors qu'elle se rendit compte qu'elle n'avait pas l'intention de rentrer. Son audace la fit s'arrêter. Ne pas rentrer au fort ? Ne pas retourner vers le cycle sans fin des corvées : vider les poissons, les saler, les fumer, les mettre en conserve ? Raccommoder les filets, les voiles, les vêtements ? Laver les plats, les habits, les pièces ? Ramasser de la salade, des baies, des herbes, des araignées-soldats ? Ne pas retourner s'occuper des vieux oncles et tantes, du feu, des casseroles, des métiers à tisser, des brilleurs ? Pouvoir chanter, ou crier, ou jouer si elle en avait envie ? Dormir... Ah, mais où allait-elle dormir ? Et où irait-elle quand les Fils envahiraient le ciel ?

Menolly reprit la pénible montée des dunes de sable d'un pas lent. Son esprit bouillonnait de toutes ces idées folles. Tout le monde devait rentrer au fort à la nuit tombée ! Dans tous les forts, tous les weyrs. Les Fils tombaient du ciel depuis sept cycles, et personne ne s'aventurait loin d'un abri. Elle se souvenait vaguement que, dans son enfance, il y avait des caravanes de marchands qui traversaient les marais au printemps, en été et au début de l'automne. C'était le bon temps, plein de chansons et de réjouissances. Les portes du fort n'étaient pas barricadées à l'époque. Elle soupira, elle avait connu des temps plus heureux... le bon vieux temps dont parlaient toujours le vieil oncle et les tantes. Mais quand les Fils avaient commencé à tomber, tout avait changé... en pire... c'était du moins l'impression que lui avaient donnée les adultes.

Une certaine tranquillité de l'air, un vague malaise la poussa à regarder autour d'elle avec appréhension. Il n'y avait certainement personne dehors à cette heure de la matinée. Elle scruta le ciel. La brume qui bordait la côte se dispersait rapidement. Elle pouvait la voir se retirer sur l'eau vers le nord et l'ouest. Vers l'est le ciel était éclairé par le lever du soleil, à l'exception de quelques traces de brume matinale dans le nord-est. Quelque chose pourtant la gênait. Elle sentait qu'elle aurait dû savoir ce que c'était.

Elle était près des roches du Dragon maintenant, dans le dernier marais avant que le relief du terrain ne remonte doucement vers l'escarpement du bord de mer. C'est en traversant le marais qu'elle identifia l'origine de son trouble : ce calme étrange. Cela ne venait pas du vent, qui soufflait régulièrement de la mer, poussant le brouillard, mais de la vie du marais. Tous les petits insectes, les mouches et les minuscules larves, les vols d'oiseaux sauvages qui nichaient dans les buissons plus épais, tout était silencieux. Leurs innombrables activités et leurs petits bruits démarraient dès le lever du jour et ne cessait qu'à l'approche de l'aube suivante, parce que les insectes nocturnes étaient aussi bruyants que les diurnes.

C'était ce calme qui gênait Menolly, comme si, chaque être vivant retenait son souffle. Inconsciemment, elle accéléra le pas et fut prise d'une irrépressible envie de regarder par-dessus son épaule, vers le nord-est — où une traînée grise barrait l'horizon...

Une traînée grise ? Ou argentée ?

La peur qui l'envahissait la fit trembler ; elle était trop loin de la sécurité du fort pour l'atteindre avant que les Fils ne l'atteignent, elle.

Les lourdes portes de métal, qu'elle avait si négligemment laissées ouvertes, seraient bientôt barricadées devant elle... et les Fils. Et, même si elle était portée disparue, personne ne viendrait la chercher.

Elle commença à courir instinctivement vers le bord de la falaise avant que la corniche de la reine ne lui revienne à l'esprit. Ce n'était pas assez grand. Non, vraiment pas. Elle pourrait se jeter dans la mer puisque les Fils s'y noyaient. Mais elle s'y noierait aussi car elle ne pourrait pas rester sous l'eau tout le temps du passage des Fils. Combien de temps fallait-il à un front de Fils pour s'éloigner ? Elle n'en avait aucune idée.

Elle était au bord de la falaise maintenant, observant

la plage en contrebas. Elle pouvait voir la saillie sur sa droite et la partie de la corniche qui s'était effondrée sous son poids. C'était la voie la plus rapide pour descendre, assurément, mais elle ne pouvait s'y risquer une deuxième fois, et elle n'en avait pas envie.

Elle regarda par-dessus son épaule. Le voile gris s'étendait à tout l'horizon. Maintenant elle pouvait apercevoir des éclairs dans le gris. Des éclairs ! Des dragons ! Elle voyait des dragons se battre contre les Fils, leur haleine incandescente carbonisant l'horrible chose en plein air. Ils étaient si loin que les lueurs clignotantes ressemblaient davantage à des étoiles perdues qu'à des dragons combattant pour la vie de Pern.

Peut-être le front n'arriverait-il pas jusqu'ici ? Peut-être était-elle à l'abri ? « Les peut-être se réalisent rarement », aurait dit sa mère.

Dans la tranquillité de l'air, un nouveau bruit se fit entendre : un doux son rythmé, quelque chose comme le fredonnement monotone d'un petit enfant. Mais différent. Le bruit paraissait venir du sol.

Bien sûr ! L'escarpement était creux... c'était pourquoi la reine lézard...

À quatre pattes, Menolly fonça vers le bord de la falaise, cherchant la corniche à mi-pente. Elle en avait déjà élargi l'entrée. Il y avait toutes les chances pour qu'elle pût l'agrandir suffisamment pour s'y glisser. La petite reine se montrerait certainement hospitalière avec quelqu'un qui avait sauvé sa couvée ! Et elle ne venait pas les mains vides !

Elle balança le lourd sac empli d'araignées-soldats. S'accrochant à des touffes d'herbes qui poussaient sur le bord de la falaise, elle commença à se laisser descendre lentement. Ses pieds tâtonnaient à la recherche d'un appui ; elle trouva une prise et y enfouit la moitié d'un pied, l'autre à la recherche d'une autre prise. Elle glissa dangereusement une fois, mais son entrejambe heurta un affleurement de roche qui la stoppa avant qu'elle n'aille trop loin. Elle resta étendue, le visage contre la paroi, essayant de reprendre haleine et de se ressaisir. Elle pouvait entendre le son monter du sol et, bizarrement, cela lui donna du courage. Il y avait quelque chose d'intensément excitant et de stimulant dans ce son.

Une chance insensée guida son pied jusqu'au rebord. Elle ne risqua qu'un ou deux regards en-dessous d'elle — la vue lui donna le vertige et lui fit presque perdre l'équilibre. Elle tremblait tant après ces efforts qu'elle dut se reposer un moment. Le fredonnement provenait sans aucun doute de la caverne de la reine.

Elle parvint à glisser la tête dans l'ouverture, mais pas davantage. Elle commença à creuser les côtés à mains nues avant de penser à utiliser le couteau qu'elle portait à la ceinture. La lame détacha un bloc entier d'un seul coup, la couvrant d'une pluie de sable et de roche. Elle dut en débarrasser ses yeux et sa bouche avant de pouvoir continuer. Puis elle s'aperçut qu'elle avait atteint la roche brute.

Elle ne pouvait passer que jusqu'aux épaules. Quelle que fût la manière dont elle se tournait et se tortillait, il y avait une saillie impossible à franchir. Une fois de plus, elle regretta de n'être pas aussi petite qu'une fille est censée l'être. Sella n'aurait eu aucun mal à se glisser dans ce trou.

Résolument, Menolly se mit à frapper le rocher de son couteau, chaque coup résonnant jusque dans son épaule, sans aucun effet sur la roche. Elle se demanda en paniquant combien de temps il lui avait fallu pour descendre la falaise. Et combien de temps il restait avant que les Fils ne commencent à pleuvoir sur son corps sans défense ?

Son corps ? Elle ne pouvait peut-être pas passer le renflement de la paroi avec ses épaules... mais... Elle se retourna, et les pieds, les hanches, tout le corps jusqu'aux épaules entrèrent à l'abri de la roche brute. Sa tête était tout juste couverte par le surplomb de la falaise.

Les Fils voyaient-ils où ils tombaient ? La remarque-raient-ils en passant, étincelants, tassée dans son trou ? Puis elle aperçut la lanière du sac qu'elle avait enrou-lée par-dessus le rebord pour le garder à portée de main sans qu'il la gêne. Si les Fils tombaient sur les araignées-soldats ? Elle se sortit suffisamment de la cavité pour regarder le ciel. Pas d'argent en vue ! Aucun bruit à l'exception du murmure qui s'amplifiait régulièrement, et qui ne devait rien avoir à faire avec les Fils lui semblait-il.

La courroie du sac s'était prise dans la corniche et elle avait du mal à la détacher en tirant par saccades. Trop vite pour qu'elle s'en rende vraiment compte, le sac se libéra et l'élan de sa traction la tira en arrière, lui faisant heurter de la tête le haut du tunnel, et puis la surface sur laquelle reposaient ses fesses commença à glisser vers le bas et vers l'extérieur. Menolly se fraya un chemin dans le tunnel se servant de ses doigts comme de griffes, alors que la paroi de la falaise s'effondrait sur la plage.

Menolly recula rapidement, craignant que toute l'entrée ne s'effondre, et se retrouva dans une caverne, large, haute et profonde, serrant son sac contre elle et déconcertée.

Le bruit venait de derrière, et, surprise par ce qu'elle considérait comme une nouvelle menace, elle se retourna vivement.

Des lézards-de-feu étaient perchés sur les parois, accrochés aux aspérités et aux corniches de la roche. Tous les yeux étaient tournés vers l'amoncellement d'œufs au milieu du sol sableux de la grotte. Le murmure venait des gorges de tous les lézards, et ils étaient bien trop absorbés par ce qui arrivait aux œufs pour prêter la moindre attention à la brutale apparition de Menolly.

À l'instant précis où elle prit conscience qu'elle assistait à une éclosion, le premier œuf commença à s'agiter et des fissures apparurent sur sa coquille. Il bougea si bien qu'il se sépara de l'empilement et, en heurtant le sol, se brisa.

Une minuscule créature d'un brun luisant émergea, pas plus grosse que la main de Menolly, braillant de faim, balançant sa tête d'avant en arrière et effectuant quelques pas chancelants et malhabiles. Les ailes brunes transparentes se déplièrent, battant faiblement l'air pour se sécher, et l'équilibre du nouveau-né s'améliora. Le cri se mua en un sifflement de mécontentement, et la petite créature scruta les alentours, sur la défensive.

Les autres lézards-de-feu chantèrent, l'encourageant à quelque action. Avec de minuscules piaillements de colère, le petit lézard brun se lança en direction de l'ouverture de la grotte, passant si près de Menolly qu'elle aurait pu le toucher puis il disparut en vacillant par-dessus le rebord effondré de la caverne, agitant frénétiquement ses ailes pour prendre son envol. Menolly retint son souffle quand il tomba, puis soupira de soulagement lorsqu'il réapparut brièvement avant de voler au loin, au-dessus de la mer.

De nouveaux cris attirèrent son attention sur la couvée. D'autres lézards avaient commencé d'éclore. Ils secouaient les ailes, puis, encouragés par leurs compagnons de weyr, après une ou deux chutes, gagnaient en titubant la sortie de la caverne, déjà indépendants et affamés. Plusieurs verts et bleus, un petit bronze et deux autres bruns sortirent de l'œuf et passèrent devant Menolly.

Alors qu'elle regardait un petit bleu se lancer, Menolly hurla. L'animal avait à peine quitté la sécurité de la falaise qu'elle vit le mince et frémissant argent d'un Fil qui descendait. Un instant le bleu fut couvert par les filaments mortels. Il poussa un horrible cri et disparut. Mort ? Ou dans l'Interstice ? Certainement gravement blessé.

Deux autres petits lézards-de-feu dépassèrent Menolly, la faisant réagir.

— Non ! Non ! Vous ne pouvez pas ! Vous allez vous faire tuer ! cria-t-elle en se précipitant pour leur barrer le passage.

Les petites créatures affamées frappèrent son visage découvert de coups de bec et, pendant qu'elle se protégeait, en profitèrent pour s'échapper. Elle hurla en écoutant leurs cris.

— Ne les laissez pas partir ! Elle s'adressa aux lézards qui regardaient. Vous êtes plus vieux. Vous connaissez les Fils. Dites-leur d'arrêter !

Elle se dirigea, moitié en rampant, moitié en courant, vers le rocher où était perchée la reine.

106

— Dis-leur de ne pas y aller ! Il y a des Fils dehors !
Ils vont se faire tuer !

La reine la regarda, ses yeux à facettes tournant violemment. Elle gloussa, piailla, et chanta aussitôt qu'un
autre nouveau-né étendit ses ailes et vacilla vers une
mort certaine.

— Je t'en prie, petite reine ! Fais quelque chose !
Arrête-les !

L'émotion qu'elle avait éprouvée à l'idée d'assister à
une éclosion se mua en horreur. Les dragons devaient
être protégés parce qu'ils protégeaient Pern. Dans son
esprit que la peur rendait confus, les petits lézards-de-
feu étaient liés à leurs *alter ego* géants.

Elle se tourna vers les autres lézards, les suppliant de
faire quelque chose. Au moins jusqu'à la fin de la chute
de Fils. Elle plongea désespérément vers l'ouverture de
la caverne et tenta de détourner les nouveau-nés à
l'aide de ses mains, bloquant leur progression de son
corps. Son esprit fut envahi, submergé par les tiraille-
ments de la faim, celle qui noue l'estomac, qui tord les
tripes et elle comprit que l'instinct qui guidait les
lézards venait de là : c'était la faim qui les poussait en
avant irrésistiblement. Ils devaient manger. Elle se souvint que les dragons aussi devaient se nourrir à la sortie de l'œuf et qu'ils l'étaient par les enfants qui les
marquaient.

Menolly fouilla fébrilement dans son sac. D'une
main elle écarta un lézard de l'entrée, de l'autre elle
sortit une araignée-soldat. Le petit bronze poussa un
cri strident puis frappa l'araignée derrière les yeux, la
tuant net.

Battant des ailes, il se libéra de la prise de Menolly
et, avec plus de force qu'elle n'en eût soupçonnée chez

un nouveau-né, il emporta sa proie dans un coin où il commença à la déchiqueter.

Menolly les attrapait au hasard maintenant et, surprise, elle se trouva tenir la seule reine de la couvée. Elle saisit deux araignées du sac avec son autre main et les déposa avec la reine dans un coin. Prenant finalement conscience qu'elle ne pourrait pas nourrir toute la couvée à la main, elle renversa le sac, répandant les crustacés sur lesquels les bébés-lézards se ruèrent. Menolly attrapa encore deux lézards avant qu'ils n'atteignent la sortie de la grotte et les plaça au milieu de leur premier repas. Elle était occupée à s'assurer que chaque nouveau lézard avait bien un crustacé lorsqu'elle sentit quelque chose lui piquer l'épaule. Surprise, elle leva les yeux et trouva le petit bronze accroché à sa tunique. Ses yeux ronds tournoyaient et il avait encore faim. Elle lui donna une araignée et le remit dans son coin. Elle en envoya une autre à la petite reine et en mit de côté quelques autres « pour le cas où ».

Peu d'autres nouveau-nés sortirent ayant une source de nourriture à portée du bec. Menolly avait ramassé une belle quantité d'araignées-soldats, mais il ne fallut pas longtemps aux lézards affamés pour toutes les dévorer.

Les petites bêtes paraissaient encore mourir de faim, criant, fouillant les pinces et les carapaces en essayant de trouver quelques lambeaux oubliés. Mais elles restèrent dans la caverne et les autres lézards les rejoignirent bientôt, les reniflant et les amadouant en faisant des bruits affectueux.

Complètement épuisée, Menolly s'adossa à la paroi en regardant leurs cabrioles. Du moins n'étaient-ils pas tous morts. Elle jeta avec appréhension un coup d'œil vers l'ouverture et ne vit plus de Fils tomber. Elle regarda plus loin. Il n'y avait même plus trace du menaçant brouillard gris à l'horizon. La chute des Fils devait être terminée.

Il était temps ! Elle partageait d'autant plus les pensées affamées de tous les lézards qu'elle-même mourait de faim.

La petite reine, la plus vieille des deux, commença à s'élever dans la grotte, piaillant un ordre impérieux à l'adresse de ses suivants. Puis elle fonça dehors et toute la couvée la suivit. Les nouveau-nés maladroits, prirent leur envol pour la première fois et en quelques instants la caverne fut vide, à l'exception de Menolly, de son sac déchiqueté et d'une pile de carapaces d'araignées-soldats et de coquilles d'œufs vides.

Après leur départ Menolly se rappela le pain qu'elle avait mis dans sa poche et le dévora jusqu'à la dernière miette. Puis elle se creusa un trou dans le sable, tira le sac déchiré sur ses épaules et s'endormit.

CHAPITRE SIX

> Seigneur du fort, ta charge est sûre
> Derrière l'épaisseur des murs,
> Le métal des portes,
> Mais sans verdure.

La chute de Fils était terminée, les équipes de lance-flammes rentrées à l'abri du fort du Demi-Cercle, avant que quiconque s'aperçût de l'absence de Menolly. C'est Sella qui la remarqua parce qu'elle ne voulait pas s'occuper du vieil oncle. Il avait eu une nouvelle attaque et quelqu'un devait rester auprès de son lit.

— C'est la seule chose à laquelle elle est bonne de toute façon, dit Sella à Mavi. Elle se justifia hâtivement devant le regard sévère de sa mère. Je veux dire, tout ce qu'elle fait c'est traîner, en tenant sa main comme si c'était un objet précieux. Elle évite tout le vrai travail... Sella laissa échapper un profond soupir.

— Nous avons eu assez d'ennuis ce matin à cause de celui qui a laissé les portes du fort ouvertes en sortant et la chute des Fils... Mavi frissonna à l'idée de ces deux horreurs ; l'idée des Fils descendant en cascades se faufilant dans le fort, lui retournait l'estomac. Va chercher Menolly et assure-toi qu'elle sait quoi faire au cas où le vieil homme aurait une autre crise.

Il fallut presque une heure à Sella pour s'apercevoir que Menolly n'était ni dans le fort, ni avec ceux qui appâtaient les lignes de fond. Elle n'avait pas non plus fait partie des équipes de lance-flammes. En fait, personne ne se rappelait l'avoir vue ou lui avoir parlé de toute la journée.

— Elle ne pouvait pas être sortie ramasser de la salade comme d'habitude, dit pensivement une des tantes en se mâchouillant les lèvres. La chute de Fils a commencé juste au moment où nous prenions notre klah du matin. Je ne l'ai pas vue dans la cuisine à ce moment-là non plus. Et c'est d'habitude une si bonne aide, avec une seule main, et tout ça, pauvre petite.

Tout d'abord, Sella fut ennuyée. Cela ressemblait tant à Menolly d'être absente quand on avait besoin d'elle ! Mavi était beaucoup trop coulante avec cette enfant. Eh bien, si elle n'était pas au fort ce matin, elle s'était fait surprendre par les Fils. Et c'était bien fait pour elle.

Puis elle n'en fut plus si sûre et commença de ressentir les premiers signes de la peur. Si Menolly était dehors au moment de la chute des Fils, alors il devait sûrement rester... quelque chose... que les Fils n'avaient pas pu dévorer.

Avec un haut-le-cœur à cette idée, elle se mit à la recherche de son frère, Alemi, qui était responsable des lance-flammes.

— Alemi, tu n'as rien vu... d'inhabituel... en regardant par terre ?

— Qu'entends-tu par « inhabituel » ?

— Tu sais, des traces...

— De quoi ? Je n'ai pas le temps de jouer aux devinettes, Sella !

— Je veux dire : si quelqu'un avait été surpris à l'extérieur par les Fils, comment le saurais-tu ?

— Où veux-tu en venir ?

— Menolly n'est nulle part, ni dans le fort, ni au Bassin, ni ailleurs. Elle n'était dans aucune des équipes....

— Non, c'est vrai, dit Alemi en faisant la grimace, mais j'ai pensé que Mavi avait eu besoin d'elle au fort.

— ... Là ! Et aucune des tantes ne se rappelle l'avoir vue ce matin. Et les portes du fort n'étaient pas barricadées !

— Tu crois que Menolly a quitté le fort ce matin de bonne heure ? interrogea-t-il en se rendant compte qu'une grande fille aussi forte que Menolly aurait très facilement pu se débrouiller avec les barres.

— Tu sais comment elle est depuis qu'elle s'est blessé la main : à se faufiler hors de vue dès qu'elle en a l'occasion.

Alemi le savait bien, car il adorait cette sœur un peu gauche, et ses chansons lui manquaient. Il ne partageait pas les réserves de Yanus sur les dons de Menolly. Et il n'était pas d'accord avec la décision de Yanus de ne pas les révéler au harpiste, surtout maintenant qu'il y avait justement un harpiste au fort pour la maintenir dans le droit chemin.

— Eh bien ?

L'injonction de Sella l'irrita en interrompant le cours de ses pensées.

— Je n'ai rien vu d'inhabituel.

— Resterait-il quelque chose si les Fils l'avaient eue ?

Alemi jeta un long regard dur vers Sella. Elle semblait heureuse à l'idée que Menolly ait pu se faire surprendre par les Fils.

— Il n'en resterait rien si elle s'était fait prendre par les Fils. Mais aucun Fil n'échappe aux escadrilles de Benden.

Sur ce, il tourna les talons et laissa sa sœur bouche bée. Ces dernières paroles rassurantes n'eurent curieusement pas pour effet de consoler Sella. Toutefois, puisque Menolly n'était de toute évidence pas là, elle pouvait trouver quelque plaisir à prévenir Mavi et lui faire part de ses soupçons à l'égard de Menolly qu'elle accusait du méfait d'avoir laissé les portes du fort sans barres.

— Menolly ? Mavi tendait du sel de mer et une racine à épices au chef cuisinier lorsque Sella l'avertit. Menolly ?

— Oui, Menolly. Elle est partie. Personne ne l'a vue, et c'est elle qui a laissé les portes du fort ouvertes. Avec les Fils qui tombaient !

— Les Fils ne tombaient pas quand Yanus a découvert que les portes n'étaient pas barricadées, corrigea Mavi qui frissonna à la pensée que quelqu'un, même sa fille récalcitrante, pût être surpris dehors par la pluie argentée des fils.

— Alemi dit qu'aucun Fil ne peut échapper aux dragons, mais comment peut-il en être sûr ?

Mavi ne dit rien, referma le moulin à condiment et fit tourner la manivelle.

— Je vais en informer Yanus. Et j'aurai un mot à dire à Alemi, également. Tu ferais mieux de t'occuper du vieil oncle.

— Moi ?

— Ce n'est pas qu'il s'agisse d'un vrai travail, mais il convient à ton tempérament et à tes capacités.

Yanus resta un long moment silencieux quand il

apprit la disparition de Menolly. Il n'aimait pas que les choses ne suivent pas leur cours normal, comme ces portes qui n'étaient pas barricadées. Cela l'avait contrarié pendant toute la chute de Fils, et toute la pêche qui avait suivi.

Il n'était pas bon qu'un seigneur de Mer eût l'esprit distrait du travail en cours. La résolution de ce mystère lui procura quelque soulagement, mais aussi une sérieuse contrariété mêlée d'angoisse au sujet de sa fille. Quelle folie elle avait commise — quitter ainsi le fort aussi tôt ! Elle n'avait pas cessé de bouder depuis la correction qu'il lui avait infligée. Mavi ne l'avait pas suffisamment tenue occupée pour lui faire oublier cette absurde envie de composer.

— J'ai entendu dire que les falaises le long de la côte étaient pleines de cavernes, dit Elgion. La jeune fille se sera probablement abritée dans l'une d'elles.

— Elle l'a probablement fait, dit Mavi brusquement, reconnaissante au harpiste pour cette réflexion si sensée. Menolly connaît très bien la côte et sans doute chaque crevasse désormais.

— Alors elle va revenir, dit Yanus. Donne-lui le temps de se remettre de la frayeur d'avoir été dehors durant la chute des Fils. Elle va revenir.

Yanus fut soulagé de cette explication et retourna à des affaires moins déprimantes.

— C'est le printemps, dit Mavi, davantage pour elle-même que pour les autres.

Seul le harpiste perçut la note d'anxiété que contenait sa voix.

Deux jours plus tard, Menolly n'était toujours pas rentrée et tout le fort fut averti de sa disparition. Personne ne se souvenait de l'avoir vue le jour de la chute des Fils. Et personne non plus depuis ce jour. Les enfants envoyés chercher des baies ou des araignées-soldats n'avaient trouvé aucune trace, pas plus qu'ils ne l'avaient vue dans les cavernes qu'ils connaissaient.

— Pas grand sens de partir à sa recherche, fit l'un des commandants de navire, convaincu qu'il y avait plus de chance d'attraper un poisson que de retrouver une jeune fille stupide. Particulièrement si elle est handicapée d'une main. Où bien elle est en vie et préfère ne pas rentrer, ou alors...

— Elle pourrait être blessée... Brûlée par un Fil, une jambe cassée ou un bras..., dit Alemi ; incapable de revenir.

— Devrait pas être sortie de toute façon sans dire à quelqu'un où elle allait. Les yeux du commandant se tournèrent vers Mavi, qui ne releva pas l'allusion à sa négligence contenue dans cette dernière remarque.

— Elle avait l'habitude d'aller chercher de la salade très tôt le matin, dit Alemi. Si personne d'autre ne voulait défendre Menolly, lui s'en chargerait.

— Est-ce qu'elle avait un poignard à sa ceinture ? Ou une boucle de métal ? demanda Elgion. Les Fils ne touchent pas au métal.

— C'est vrai. Nous aurions dû au moins trouver ça, dit Yanus.

— Si les Fils l'ont eue, dit sombrement le commandant. Il préférait l'hypothèse selon laquelle elle était tombée dans une crevasse ou par-dessus le bord de l'escarpement, terrorisée à l'idée de se trouver dehors pendant une chute de Fils. Son corps a peut-être été emporté vers les roches du Dragon. Les courants amènent beaucoup d'épaves dans ce coin.

116

Mavi retint un souffle qui ressemblait beaucoup à un sanglot.

— Je ne connais pas cette jeune fille, dit rapidement Elgion, voyant la détresse de Mavi. Mais si elle avait l'habitude, comme vous le dites, de rester longtemps à l'extérieur, elle connaît trop bien la région pour passer par-dessus le bord de la falaise.

— Les Fils peuvent faire perdre les pédales à n'importe qui, dit le commandant.

— Menolly n'est pas stupide, dit Alemi avec une telle conviction que tout le monde se tourna vers lui avec surprise. Et elle connaît assez bien ses Enseignements pour savoir quoi faire quand on est surpris à l'extérieur.

— C'est assez vrai, Alemi, fit Yanus en se levant. Si elle en était capable et avait eu l'intention de revenir, elle l'aurait déjà fait. Quiconque sortira devra être très attentif à toute trace d'elle. Aussi bien en mer qu'à terre. En tant que seigneur du fort, je ne peux pas faire davantage compte tenu des circonstances. Et la marée monte. Au bateau, maintenant.

Bien qu'Elgion ne s'attendît pas vraiment à ce que Yanus déclenchât une recherche intensive pour une jeune fille perdue, il fut surpris par cette décision. Même Mavi l'accepta, comme si elle était heureuse de ce prétexte, comme si la jeune fille les avait embarrassés. Le commandant, de toute évidence, était satisfait de l'impartialité de son seigneur. Seul Alemi trahissait son ressentiment. Le harpiste s'approcha du jeune homme pour le retenir alors que les autres s'en allaient.

— J'ai un peu de temps. Où pensez-vous que je devrais chercher ?

L'espoir brilla dans les yeux d'Alemi, aussitôt assombris par une soudaine prudence.

— Je dirais qu'il vaut mieux que Menolly reste là où elle est...

— Morte ou blessée ?

— Oui. Alemi soupira profondément. Et je lui souhaite longue vie et de la chance.

— Vous pensez donc qu'elle est en vie et qu'elle a choisi de ne pas revenir au fort ?

Alemi regarda le harpiste calmement.

— Je pense qu'elle est vivante et mieux où elle est, où que ce soit, qu'elle ne le serait au demi-Cercle.

Et le jeune marin partit rejoindre les autres, laissant au harpiste quelques intéressants sujets de réflexion.

Il n'était pas malheureux au fort du Demi-Cercle. Mais le maître harpiste avait eu raison de penser qu'Elgion aurait quelques ajustements à apporter à la vie de ce fort. Ce serait un défi, lui avait dit Robinton, d'essayer d'élargir l'esprit étroit et la façon de penser rigide d'un groupe isolé. Pour l'instant, Elgion se demandait si le maître harpiste n'avait pas surestimé ses capacités, alors qu'il n'avait su obtenir du seigneur de Mer, ou de sa famille, de seulement essayer de venir en aide à un de leurs parents.

En se basant sur le ton des voix plutôt que sur les paroles prononcées, Elgion se rendit compte que Menolly posait une sorte de problème qui n'avait pas pour origine sa main blessée. Il ne se souvenait pas d'avoir vu cette jeune fille, alors qu'il pensait pouvoir reconnaître chaque membre du Fort. Il avait maintenant passé beaucoup de temps auprès de chacune des familles, avec les enfants dans la petite salle, avec les pêcheurs débordant d'activité, avec les vieilles personnes qui avaient honorablement gagné leur retraite.

Il essaya de se rappeler quand il avait vu une jeune fille à la main blessée et seul lui revint le souvenir extrêmement flou d'une grande silhouette maladroite qui se précipitait hors de la salle un soir où il jouait. Il n'avait pas vu son visage, mais il se souviendrait de sa silhouette voûtée s'il la revoyait.

Il était regrettable que l'isolement du fort du Demi-Cercle ne permit pas d'envoyer un message par tambour. Une solution de rechange pourrait consister à faire signe au prochain chevalier-dragon qu'il verrait, et passer le mot au weyr de Benden. Les chevaliers en patrouille pourraient essayer de la repérer et alerter les forts qui se trouvaient au-delà des marais, plus loin sur la côte. Comment il lui aurait été possible d'aller aussi loin avec les Fils qui tombaient, c'est ce qu'il ignorait, mais il se sentirait mieux s'il prenait quelques mesures pour la retrouver.

Il n'avait pas non plus progresser pour découvrir qui était le compositeur de chansons. Pourtant le maître harpiste l'avait chargé de lui envoyer ce garçon à l'atelier de harpe le plus vite possible. Les compositeurs doués étaient rares. Dignes de recherches et d'attentions.

Maintenant Elgion comprenait pourquoi le vieil harpiste n'avait pas révélé l'identité du garçon. Yanus ne pensait qu'à la mer, à la pêche et à la manière d'utiliser chaque homme, femme et enfant pour le bénéfice du fort. Il les avait tous bien entraînés et il aurait certainement regardé de travers tout garçon bien bâti qui aurait passé trop de temps à composer. Il n'y avait, en fait, personne pour aider Elgion dans sa tâche de divertir le soir venu. Un des gamins avait un assez bon sens du rythme, et il avait commencé à lui enseigner le tambour, mais la majorité de ses écoliers étaient malhabiles. Certes ils connaissaient leurs Enseignements, mais ils n'étaient pas musiciens. Pas étonnant que Petiron se fût montré si enthousiaste envers le seul enfant réellement doué. Dommage que le vieil homme fût mort avant d'avoir reçu le message de Robinton. Sinon, ce gamin aurait su qu'il était un candidat plus qu'admissible à l'atelier de harpe.

Elgion regarda la flotte de pêche sortir du port, recruta plusieurs gamins, se procura quelques pâtés de viande auprès d'une tante dans la cuisine du fort, et partir, ostensiblement, pour une expédition de recherche de nourriture.

En tant que harpiste, ces expéditions lui étaient habituelles, mais conscients du respect qu'ils lui devaient, les garçons se tenaient à distance. Et lorsqu'il leur expliqua qu'ils devaient garder les yeux ouverts pour apercevoir une éventuelle trace de Menolly, son poignard, s'il le connaissait, ou la boucle de sa ceinture, cette distance augmenta inexplicablement. Ils semblaient tous être au courant, bien qu'Elgion doutât de ce que les adultes leur eussent dit de l'absence de Menolly. Et tous paraissaient peu désireux de la chercher, ou de lui suggérer des zones de recherche possibles. C'était comme s'ils avaient peur que je la trouve, se dit le harpiste avec déception et colère. Il essaya donc de regagner leur confiance en leur disant que Yanus avait recommandé à quiconque sortirait du fort d'essayer de retrouver la jeune fille.

Lorsqu'il revint avec son équipe, les sacs étaient remplis de baies, d'herbes et de quelques araignées-soldats. La seule information que les garçons avaient bien voulu lâcher au sujet de Menolly durant toute la matinée, c'était qu'elle était capable d'attraper plus d'araignées-soldats que n'importe qui.

Les événements firent qu'Elgion n'eut pas à faire signe à un chevalier-dragon. Le jour suivant, un chef d'escadrille monté sur un bronze vint faire des cercles au-dessus de la plage du Demi-Cercle, saluant aimablement Yanus et lui demandant s'il pouvait dire quelques mots au harpiste.

— Vous devez être Elgion, dit le chevalier, levant la main en signe de salut. Je suis N'ton, cavalier de Lioth. J'ai entendu dire que vous vous étiez établi ici.

— Que puis-je faire pour vous, N'ton ? Et Elgion mena avec tact le chevalier-bronze hors de portée des oreilles de Yanus.

— Vous avez entendu parler des lézards-de-feu ?

Elgion regarda N'ton avec surprise pendant un moment avant d'éclater de rire.

— Ce vieux mythe !

— Pas vraiment un mythe, mon ami, dit N'ton. Malgré la lueur amusée qui passait dans ses yeux, il parlait sérieusement.

— Ce n'est pas un mythe ?

— Pas du tout. Sauriez-vous si les gamins d'ici en auraient repéré le long de la côte ? Ils ont tendance à faire leurs nids sur les plages de sable. Ce sont les œufs que nous voulons.

— Vraiment ? En réalité, ce ne sont pas les gamins qui les ont vus, mais le fils du seigneur du fort, pas le genre à raconter des histoires, quoique je n'y ai guère prêté attention... Il en a vu autour d'un amas de rochers connu sous le nom des roches du Dragon. À quelque distance plus bas sur la côte. Elgion indiqua la direction du doigt.

— Je vais y aller moi-même. Voici ce qui s'est passé. F'nor, le cavalier du brun Canth, a été blessé. N'ton fit une pause. Il a passé sa convalescence au fort méridional. Il a trouvé, et marqué, et N'ton fit à nouveau une pause, insistant sur ses derniers mots, une reine lézard-de-feu...

— Marqué ? Je pensais que seuls les dragons...

— Les lézards-de-feu ressemblent beaucoup aux dragons, ils sont juste plus petits.

— Mais cela voudrait dire... Et Elgion s'interrompit, perdu dans les implication de cette révélation.

— Oui, précisément, harpiste, dit N'ton avec un large sourire. Et maintenant tout le monde veut un lézard-de-feu. Je ne peux pas imaginer le seigneur de mer Yanus gaspillant le temps et l'énergie de ses hommes à chercher des nids de lézards. Mais si on a vu des lézards, n'importe quelle crique avec du sable chaud pourrait cacher une couvée.

— Les hautes marées ont recouvert la plupart des criques ce printemps.

— Dommage. Voyez si vous ne pouvez pas organiser une recherche avec les enfants du fort. Je ne pense pas que vous rencontrerez beaucoup de résistance.

— Absolument aucune. Et Elgion se rendit compte que N'ton, tout chevalier-dragon qu'il fût désormais, était susceptible d'avoir eu les mêmes projets enfantins concernant les lézards-de-feu que ceux qu'Elgion avait lui-même caressés autrefois. Quand nous trouverons une couvée, qu'est-ce-que nous faisons ?

— Si vous en trouvez une, dit N'ton, lâchez la bannière signal et le chevalier de patrouille le verra. Si la marée la met en danger, placez la couvée dans du sable chaud ou dans une cachette chauffée.

— S'ils venaient à éclore, vous avez mentionné qu'ils pouvaient être marqués...

— J'espère que vous aurez cette chance, harpiste. Nourrissez les nouveau-nés. Gavez-les de tout ce qu'ils pourront avaler en leur parlant sans arrêt. C'est comme cela qu'on marque. Vous avez déjà assisté à une éclosion, n'est-ce-pas ? Vous savez donc comment cela se passe. C'est le même principe.

— Des lézards-de-feu ! Elgion était enchanté à cette idée.

— Ne les marquez pas tous, harpiste. J'aimerais avoir une de ces bestioles.

— C'est si important ?

— Non, ce ne sont que de sympathiques petits animaux familiers. Rien à voir avec l'intelligence de mon Lioth, là-bas, et N'ton fit un grand sourire complice à son bronze qui se grattait une joue dans le sable. En se retournant vers Elgion, N'ton remarqua la rangée d'enfants pétrifiés, le long de la jetée, les yeux braqués sur les mouvements de Lioth. Je soupçonne que vous n'aurez pas de mal à trouver de l'aide.

— À propos d'aide, chef d'escadrille, une jeune fille du fort est portée disparue. Elle est sortie le matin de la dernière chute de Fils et on ne l'a pas revue depuis. N'ton siffla doucement et hocha la tête en signe de compréhension.

— Je vais prévenir les patrouilleurs. Elle a probablement trouvé un abri, si elle a le moindre bon sens. Ces falaises sont truffées de cavernes. Jusqu'où avez-vous cherché ?

— C'est là le problème. Personne ne s'en est donné la peine.

N'ton fronça les sourcils et jeta un coup d'œil au seigneur de mer.

— Quel âge a-t-elle ?

— Maintenant que vous m'y faites penser, je n'en sais rien. C'est sa plus jeune fille, il me semble.

N'ton renifla.

— Il y a autre chose dans la vie que les poissons.

— C'est aussi ce que je croyais.

— Ne soyez pas aussi amer à votre âge, Elgion. Je vais veiller à ce que vous assistiez à la prochaine éclosion à Banden.

— J'apprécierai beaucoup.

— Je m'en doute.

Faisant un signe d'adieu, N'ton retourna à son dragon de bronze, laissant Elgion la conscience plus libre et avec l'agréable perspective de rompre un peu la monotonie du fort.

CHAPITRE SEPT

> Celui qui veut,
> Peut.
> Celui qui tente,
> Réussit.
> Celui qui aime,
> Vit.

Il fallut quatre jours à Menolly pour trouver les pierres qui convenaient à la confection d'un petit foyer installé sur le côté de la grande caverne où une cheminée naturelle évacuerait la fumée. Elle avait passé beaucoup de temps à faire sécher des algues et ramasser des buissons morts de baies de marais pour en faire du combustible. Elle avait amassé une bonne pile de douces herbes des marais qui lui servait de matelas et avait décousu son sac pour se faire une petite couverture, si courte qu'elle devait se recroqueviller, mais les lézards-de-feu insistaient pour dormir auprès d'elle, contre elle même, et leurs corps la réchauffaient. En fait, elle était tout à fait bien installée pour la nuit.

Avec le feu, son confort s'améliora encore. Elle trouva un bosquet de jeunes arbres à klah, et quoique le breuvage qui en résulta fût âpre, il la réveillait très bien. Elle se rendit aux sites argileux qu'exploitait le fort du Demi-Cercle et ramassa assez de terre pour fabriquer des tasses, des assiettes et des récipients grossiers qu'elle fit durcir dans les cendres de son feu. Et elle boucha les trous d'une pierre poreuse en forme de cuvette où elle pouvait faire bouillir de l'eau. Avec tout le poisson dont elle pouvait avoir besoin dans la mer juste en face, elle mangeait aussi bien, si ce n'est mieux, qu'elle ne l'aurait fait au fort. Bien que le pain lui manquât vraiment.

Elle se fit même une sorte de sentier qui descendait la falaise. Elle creusa des cales pour les pieds et renforça certaines prises pour les mains de manière à rendre la montée et la descente plus sûres.

Et elle avait de la compagnie. Neuf lézards-de-feu l'escortaient en permanence.

Le matin suivant son aventure mouvementée, Menolly fut stupéfaite de se réveiller avec le poids inhabituel de corps tièdes pesant sur elle. Effrayée, aussi, jusqu'à ce que les petites créatures se lèvent, aiguillonnées par la faim, mais aussi pleines d'amour et d'affection pour elle. Poussée par l'urgence de leurs besoins, elle descendit la dangereuse paroi rocheuse de la falaise vers la mer et ramassa des fingertails piégés par les flaques laissées par la marée. Il ne lui était pas tout à fait possible de sortir les mites de roche de leur trou, mais quand elle leur indiqua où ils pouvaient les attraper grâce à leurs longues langues agiles, les lézards-de-feu se découvrirent un instinct tout à fait approprié à ce genre d'activité. Après avoir nourri ses amis, Menolly, trop fatiguée pour se mettre à la recherche de pierres à feu, s'était contentée d'un poisson cru. Puis, elle et les lézards-de-feu avaient rampé jusqu'à la caverne et s'y étaient à nouveau endormis.

Au fil des jours, leur appétit conduisit Menolly à faire preuve d'une activité qu'elle n'aurait jamais consacrée à son propre confort et dont elle ne se pensait pas capable. Elle fut beaucoup trop occupée pour s'apitoyer sur son sort. Ses amis devaient être nourris, réconfortés et distraits, et elle devait également subvenir à ses propres besoins. Elle commença à s'interroger sur pas mal de choses que le fort considérait comme acquises.

Elle avait cru, comme tout le monde lui semblait-il, qu'être à découvert lors d'une chute de Fils équivalait à une mort certaine. Personne n'avait jamais établi de corrélation entre les chevaliers-dragons qui dégageaient le ciel — c'était la raison pour laquelle on avait des dragons — et le peu de Fils qui tombaient sur les espaces dégagés. La manière de penser du fort s'était figée en un verdict implacable : ne pas avoir d'abri pendant une chute de Fils, c'était la mort.

Cependant, en dépit de son caractère indépendant, Menolly aurait regretté de n'être pas retournée au fort si la compagnie des lézards-de-feu et l'émerveillement qu'ils lui procuraient ne la comblaient. En outre, ils aimaient sa musique.

Ce n'était vraiment pas difficile de fabriquer une flûte de roseau, et c'était beaucoup plus amusant d'en mettre cinq ensemble de manière à pouvoir jouer avec un contre-chant. Les lézards-de-feu en adoraient le son et restaient assis à écouter, leurs délicates têtes se balançant en mesure sur la musique qu'elle leur jouait. Quand elle chantait, ils l'accompagnaient, au début sans être dans le ton, mais progressivement, pensa-t-elle, leur « oreille » s'améliora, et elle obtint un chœur harmonieux. Menolly chanta, c'était un devoir autant qu'un plaisir, toutes les Ballades d'Enseignement, particulièrement celles qui traitaient des dragons. Les lézards comprenaient peut-être moins qu'un enfant de trois cycles, mais ils répondaient par de petits cris en agitant les ailes à chaque chant concernant les dragons, comme s'ils appréciaient qu'elle chantât leurs congénères.

Il n'y avait aucun doute dans l'esprit de Menolly sur la relation entre ces adorables créatures et les immenses dragons. Elle ne savait pas de quelle nature était ce lien et ne s'en préoccupait pas vraiment, mais si on les traitait de la même manière que les hommes du weyr traitaient leurs dragons, les lézards-de-feu répondaient. En retour, elle commençait à comprendre leurs humeurs et leurs besoins et, dans la mesure où elle en était capable, elle les satisfaisait.

Ils grandissaient vite. Si vite qu'ils la harcelaient sans cesse pour qu'elle les nourrisse. Menolly ne voyait pas souvent les autres membres de la couvée qu'elle n'avait pas nourris ou seulement fortuitement. Elle les apercevait de temps à autre quand le weyr tout entier se nourrissait de mites de mer à marée basse. La petite reine et son compagnon bronze les survolaient souvent, observant Menolly et son petit groupe. Parfois, la petite reine houspillait Menolly, ou peut-être le lézard qu'elle tenait, elle n'était pas sûre de savoir à qui s'adressaient ces cris. À l'occasion, la reine volait jusqu'à un des nouveau-nés, battant l'air bruyamment de ses ailes près de lui sans que Menolly en comprenne la raison, mais les petits semblaient se soumettre humblement.

Parfois Menolly offrait de la nourriture à l'un des autres lézards, mais il ne la prenait jamais si elle restait à côté. Pas plus que les lézards-de-feu plus âgés, y compris la reine. Menolly conclut que c'était tant mieux, car sinon elle aurait dû consacrer le moindre de ses moments à nourrir les plus paresseux d'entre eux du matin au soir. Satisfaire les besoins des neuf qu'elle avait marqués lui suffisait amplement.

Lorsqu'elle s'aperçut que la petite reine souffrait d'une lésion cutanée, Menolly se demanda où elle pourrait trouver de l'huile. Ils allaient tous en avoir besoin. Les écorchures pouvaient être mortelles pour les jeunes lézards-de-feu s'ils devaient aller dans l'Interstice. Et avec les ennemis naturels qui les entouraient, comme les wherries et les jeunes garçons des forts voisins, l'Interstice était un refuge nécessaire.

La source d'huile la plus proche nageait dans la mer. Mais elle n'avait pas de bateau pour pêcher des poissons de haute mer. Elle quêta le long de la côte des poissons morts et trouva un packtail échoué pendant la nuit. Elle découpa la carcasse, prudemment, faisant toujours travailler la lame de son couteau vers l'extérieur, et recueillit l'huile de la peau. Ce n'était pas la plus agréable des activités ; et quand elle eut fini, elle avait tout juste une tasse d'huile jaune à l'odeur déplaisante. Ce fut efficace. La reine ne sentait peut-être pas très bon, mais l'huile couvrit bien la lésion. Pour faire bonne mesure, elle en enduisit tous ses amis.

La puanteur dans la caverne cette nuit-là fut presque insupportable et elle s'endormit en essayant de chercher d'autres solutions. Au matin, elle ne trouva d'autre possibilité qu'adoucir l'huile de poisson avec certaines herbes de marais. La pure et douce huile dont on se servait au fort venait de Nerat ; elle était extraite de la chair d'un fruit qui poussait abondamment dans les forêts humides de climat chaud. La graine huileuse que donnait un buisson de littoral ne serait mûre qu'à l'automne. D'ici là, elle pourrait obtenir un peu d'huile des baies noires de marais, mais il en faudrait d'énormes quantités et elle aurait préféré les manger.

Avec ses lézards pour escorte ailée, elle se dirigea à l'intérieur des terres, vers une région peu visitée par les habitants du fort, parce que trop éloignée d'un abri. Son allure variait entre de grandes enjambées et de petites foulées tranquilles. Elle décida d'aller le plus loin possible jusqu'à ce que le soleil fût au milieu de sa course, ne pouvant prendre le risque d'être trop éloignée de sa caverne quand la nuit tomberait.

Les lézards-de-feu étaient excités, fonçant dans toutes les directions jusqu'à ce qu'elle leur reproche de gaspiller leur énergie. Ils mangeaient bien assez comme ça d'autant qu'ils ne pouvaient compter que sur les baies et quelques prunes précoces pour se nourrir dans cette plate zone de marais. Ils s'accrochèrent alors à ses épaules ou à ses cheveux, jusqu'à ce que le petit brun les lui tire une fois de trop et qu'elle les chasse tous.

Elle eut bientôt dépassé tout terrain familier et commença à avancer plus lentement. Il ne s'agissait pas de s'enliser. Midi la surprit au plus profond des marais, cueillant des baies pour elle-même, ses amis et emplir son panier. Elle s'était débrouillée pour trouver certaines herbes aromatiques dont elle avait besoin, mais pas suffisamment pour ce qu'elle voulait faire et avait décidé de rentrer à la caverne en décrivant un large cercle lorsqu'elle entendit des cris distants.

La petite reine aussi les entendit et se posant sur l'épaule de Menolly, elle ajouta ses propres commentaires agités.

Menolly lui dit de se tenir tranquille afin qu'elle puisse écouter et, à sa surprise, la reine obéit immédiatement. Les autres suivirent son exemple, paraissant tous attendre. N'étant plus distraite, elle reconnut le cri particulier et frénétique d'un wherry en détresse.

Se guidant au bruit, Menolly gravit une petite élévation, arriva dans le vallon marécageux et aperçut la créature battant des ailes, secouant la tête, le corps et les pattes solidement pris dans des sables mouvants.

Sans tenir compte de l'excitation des lézards-de-feu qui reconnaissaient un ennemi, Menolly courut vers lui en sortant son couteau. L'oiseau était occupé à manger des baies sur les arbustes bordant les sables mouvants et avait stupidement marché dedans. Menolly s'approcha prudemment, s'assurant qu'elle posait bien le pied sur la terre ferme. Dès qu'elle fut assez proche — l'oiseau terrifié ne s'était même pas aperçu de sa présence — elle lui plongea son couteau dans le dos, à la base du cou. Un couinement effrayé et il était mort ; ses ailes flasques se posèrent sur la surface et s'enfoncèrent rapidement. Elle défit sa ceinture pour en faire une boucle à l'une des extrémités et s'agrippant aux plus fortes branches d'un buisson, elle se pencha juste assez pour passer la boucle autour de la tête de l'oiseau. Elle la resserra et commença à tirer lentement.

Non seulement il y avait la chair du wherry pour les nourrir elle et ses lézards-de-feu, mais la couche de graisse qui l'enveloppait lui procurerait de quoi soigner la peau fragile de ses amis.

Une fois encore, à la surprise de Menolly, la reine lézard-de-feu parut comprendre la situation. Elle enfouit ses minuscules serres dans l'aile du wherry et sortit l'extrémité de la boue. Elle lança des piaillements aigus à l'intention des autres, et avant que Menolly ne s'en rende compte, ils avaient tous saisi une partie accessible du wherry et concentraient leurs efforts pour l'extirper des sables mouvants. Il fallut beaucoup d'énergie et nombre de cris perçants, mais ils parvinrent à sortir le wherry du sable et à le transporter sur la terre ferme.

Le reste de la journée fut consacré à découper la dure carapace pour vider et préparer la carcasse. Les lézards-de-feu firent un repas enthousiaste avec les entrailles et le sang qui jaillissait du cou du wherry. Cela donna quelque peu la nausée à Menolly, mais elle serra les dents et essaya d'ignorer la voracité avec laquelle ses si doux compagnons s'attaquaient par ailleurs à cette aubaine inattendue. L'idée l'effleura que le goût du sang et de la viande crue pourrait changer leur tempérament, mais elle se souvint que les dragons n'étaient pas sauvages malgré leur régime carné et elle pensa que les lézards ne le seraient pas davantage. Par contre, ils seraient bien nourris pour la journée.

Le wherry était un oiseau de belle taille, qui se nourrissait sans doute quelque part dans les plaines de Nerat car il possédait une épaisse couche de graisse. Il ne pouvait s'agir d'un oiseau du nord. Menolly le dépeça, s'interrompant deux fois pour aiguiser son couteau. Elle dépouilla les os de leur chair, dont elle remplit son sac de peau afin de la ramener. Quand elle eut terminé, elle était lourdement chargée, et les os étaient loin d'être totalement nettoyés. Dommage qu'elle ne put dire à la vieille reine où ils se trouvaient.

Elle bricolait un bandeau avec sa ceinture et la peau d'une patte quand l'air fut soudain rempli de lézards-de-feu. Avec des cris de ravissement, la vieille reine et ses bronzes plongèrent sur les os. Menolly recula en hâte avant qu'ils ne décident de l'attaquer à cause de la viande qu'elle transportait.

Elle eut tout le temps de s'interroger sur leur soudaine apparition pendant la longue et fatigante marche de retour. Elle pouvait assez facilement croire que la petite reine était capable de comprendre ce qu'elle pensait, ainsi que les autres dont elle avait pris soin. Mais la jeune reine avait-elle communiqué avec les adultes ? Ou bien Menolly avait-elle une sorte de contact ténu avec la vieille reine également ?

Son groupe ne se montra pas désireux de rester avec les autres, mais lui tint compagnie, disparaissant par moments pour dessiner de paresseuses arabesques dans le ciel. Parfois, la petite reine s'asseyait sur son épaule en gazouillant doucement.

Il faisait complètement nuit bien avant que Menolly n'atteignît son refuge. Seuls le clair de lune et sa connaissance du chemin d'accès lui permirent de descendre la paroi de la falaise. Dans l'âtre, son feu n'était plus que braises pâles dont elle fit jaillir avec difficulté une flamme joyeuse. Elle était trop fatiguée pour faire davantage avant de s'enrouler dans son sac et de s'endormir qu'envelopper un morceau de viande dans quelques feuilles d'ajoncs l'enfoncer dans le sable chauffé par le feu pour le trouver cuit le lendemain.

Elle fit fondre la graisse pendant les jours suivants,

souhaitant de temps à autre avoir un pot convenable. Elle mit dans la graisse chaude une grande quantité d'herbes aromatiques et versa cette mixture dans des récipients de terre dans lesquels elle refroidissait. La chair de wherry sentait légèrement le poisson, ce qui indiquait que le stupide oiseau faisait partie d'une volée établie sur le littoral plutôt qu'à l'intérieur des terres. En revanche, la graisse refroidie sentait les herbes. De toute façon, les lézards-de-feu ne faisaient pas grand cas de leur odeur, l'essentiel étant que leurs démangeaisons fussent calmées.

Ils adoraient être huilés, étendus sur le dos, les ailes déployées pour garder l'équilibre, s'enroulant autour de la main de Menolly tandis qu'elle étalait l'huile sur la peau plus douce de leur ventre. Cela les faisait ronronner de plaisir, et à chaque fois qu'elle avait terminé de s'occuper de l'un d'entre eux, il venait frapper sa joue de sa petite tête triangulaire, les yeux étincelants de couleurs vives.

Elle commençait à découvrir des traits distinctifs à chacun des neuf lézards dont elle avait la charge. La petite reine était exactement comme on pouvait s'y attendre : partout, dirigeant tout le monde, aussi exigeante et impérieuse qu'un seigneur de fort. Cependant elle écoutait bien tout ce que lui disait Menolly, ainsi que la vieille reine. Mais elle ne prêtait pas la moindre attention aux autres, quels qu'ils fussent, alors qu'elle attendait d'eux qu'ils obéissent à tous ses ordres. Elles les piquait du bec aussitôt qu'ils lui désobéissaient.

Il y avait deux bronzes, trois bruns, un bleu et deux verts. Menolly se sentait un peu désolée pour le bleu qui semblait mis à l'écart par les autres. Les deux verts le houspillaient sans arrêt. Elle le baptisa Oncle, et les deux verts devinrent Tante Une et Tante Deux. Deux était un peu plus petite que Une. Parce que l'un des bronzes préférait chasser les mites de roches alors que l'autre était prompt à plonger dans les flaques pour attraper des fingertails, ils devinrent Rocky et Plongeur. Les bruns étaient si semblables que pendant longtemps ils restèrent sans nom, mais petit à petit, elle remarqua que le plus gros du trio s'endormait souvent, dès qu'il en avait l'occasion, elle l'appela donc Paresseux. Le deuxième, c'était Mimique parce qu'il faisait toujours ce que les autres faisaient ; et le troisième Chocolat faute de tout autre signe distinctif.

La petite reine fut baptisée Belle parce qu'elle l'était, qu'elle se donnait beaucoup de mal pour sa toilette et réclamait plus de soins de massage que les autres. Elle était sans cesse occupée à nettoyer ses serres avec ses dents, les écartant pour atteindre l'intérieur des orteils, ou bien léchant le moindre grain de poussière de sa queue, polissant les rides de son cou dans le sable ou l'herbe.

Au début, Menolly leur parlait pour entendre le son de sa propre voix. Plus tard, elle s'adressait à eux parce qu'ils paraissaient comprendre ce qu'elle disait. Il était certain qu'ils donnaient tous les signes d'une écoute attentive, fredonnant ou modulant une réponse encourageante quand elle s'arrêtait. Et ils semblaient ne jamais se lasser de ses chansons ou de ses récitals de flûte. Elle n'aurait pas pu dire qu'ils étaient en parfaite harmonie avec elle mais ils fredonnaient vraiment dans le ton quand elle jouait.

CHAPITRE HUIT

> Tourne et tourbillonne
> Ou crache le sang et les flammes.
> Vole dans l'Interstice,
> Bleu et vert.
> Grimpe ou plonge,
> Brun ou bronze.
> Que volent les chevaliers-dragons
> Quand les Fils sont dans le ciel.

Le cours des événements voulut qu'Alemi emmenât Elgion aux roches du Dragon à la recherche des insaisissables lézards-de-feu. Un jour de grand vent, peu de temps après la visite de N'ton, le jeune marin se brisa la jambe quand la mer démontée le projeta sur la cabine du pilote de son navire. Ils arrivaient au port et la marée haute avait rendu les eaux plus agitées qu'ils ne s'y attendaient. Yanus grommela un bon moment en disant qu'Alemi était un marin trop expérimenté pour se blesser, mais ses grognements diminuèrent lorsque Mavi fit remarquer que c'était là une occasion de voir si le second d'Alemi serait capable d'assurer le commandement du navire qu'on achevait dans la caverne de construction.

Alemi essaya de prendre sa fracture du bon côté,

mais après quatre jours au lit, une fois que l'enflure eut diminué, il s'ennuya ferme et ne tint plus en place. Il harcela Mavi avec une telle constance qu'elle lui donna une béquille une bonne semaine avant la date qu'elle s'était fixée, en lui laissant entendre que s'il se rompait le cou, il ne pourrait s'en prendre qu'à lui.

Alemi avait plus de bon sens que cela, et il négocia les escaliers intérieurs, étroits et sombres, lentement et avec prudence ; il s'en tint aux escaliers extérieurs et aux pièces principales du fort de Mer aussi souvent que possible.

Bien qu'il eût ainsi acquis une certaine mobilité, il n'avait pas grand-chose à faire quand la flotte de pêche était sortie, aussi fut-il attiré par le bruit des enfants qui apprenaient une nouvelle chanson. Il capta le regard d'Elgion qui lui fit courtoisement signe d'entrer dans la petite salle. Si les enfants furent ébahis d'entendre un baryton chanter soudain leur leçon, ils avaient trop de respect pour le harpiste pour risquer davantage qu'un coup d'œil furtif vers la nouvelle voix, et la classe continua.

Alemi découvrit avec satisfaction qu'il apprenait aussi vite les paroles et la mélodie que les plus jeunes, et il prit si grand plaisir à cette séance qu'il fut presque désolé qu'Elgion mette fin à la leçon.

— Comment va ta jambe, Alemi ? demanda le harpiste quand la salle fut vidée.

— J'aurai désormais des douleurs à chaque changement de temps, c'est sûr. Je vais être un véritable baromètre.

— C'est la raison pour laquelle vous vous êtes fait ça ? dit Elgion avec un large sourire. J'avais entendu

138

dire que vous vouliez être sûr que Tilsit aurait une chance d'obtenir un commandement.

Alemi eut un petit rire.

— Pas du tout. Je n'avais pas pris de vacances depuis la dernière tempête qui avait duré cinq jours. C'est une jolie ballade que vous leur apprenez.

— C'est une jolie voix que la vôtre. Pourquoi ne chantez-vous pas plus souvent ? Je commençais à croire que les vents du large emportaient la voix de tous les hommes d'environ douze cycles.

— Vous auriez dû entendre ma s... Alemi s'interrompit, rougit et serra les lèvres.

— À propos : j'ai pris la liberté de demander à N'ton, le chevalier de Lioth, de faire passer le mot au weyr de Benden au sujet de sa disparition. Elle pourrait être encore en vie, vous savez.

Alemi hocha lentement la tête

— Vous autres des forts êtes pleins de surprise, dit Elgion, pensant passer à un sujet moins douloureux. Il alla aux étagères où étaient alignées les tablettes de cire et prit les deux qu'il cherchait. Ceci doit avoir été composé par cet adopté qui est parti à la mort de Petiron. Les autres ardoises sont toutes écrites en un style plus ancien, qu'utilisait le vieil harpiste. Mais celles-ci... On a besoin de gars capables de faire ce genre de travail à l'atelier de harpe. Vous ne savez pas où est ce garçon maintenant, n'est-ce pas ?

Alemi était déchiré entre son devoir envers le fort et l'amour de sa sœur. Mais elle n'était plus au fort, et le bon sens lui disait qu'elle devait être morte si, après tout ce temps et une recherche conduite par des chevaliers-dragons, on ne l'avait toujours pas retrouvée. Menolly n'était qu'une fille, alors quel bien cela pouvait-il faire que ses chansons trouvent grâce auprès du harpiste ? Alemi répugnait également à révéler le mensonge de son père. Aussi, bien qu'Elgion fût impressionné par ces chansons, Alemi répondit sans trahir la vérité qu'il ne savait pas où « il » était.

Elgion remballa soigneusement les tablettes de cire avec un soupir de regret.

— Je vais de toute façon les envoyer à l'atelier de harpe. Robinton voudra les utiliser.

— Les utiliser ? Elles sont si bonnes que ça ? Alemi était stupéfait et regrettait ses mensonges.

— Elles sont très bonnes. Peut-être que si ce garçon les entend, il viendra de lui-même. Elgion sourit tristement en regardant Alemi. Puisqu'il est évident que vous ne pouvez pas le nommer pour quelque raison.

La réaction du marin le fit rire.

Allons, l'ami, ce gars a été chassé à la suite d'une sorte de disgrâce, n'est-ce pas ? Cela arrive, comme tout harpiste digne de ce nom le sait bien — et le comprend. Le sens de l'honneur, et tout cela. Je ne vous taquinerai plus. Il refera surface au son de sa propre musique.

Ils parlèrent alors d'autres sujets, jusqu'au retour de la flotte de pêche — deux hommes du même âge, mais au passé différent : l'un poussé par un esprit curieux de connaître le monde au-delà de son fort, l'autre tout à fait disposé à le satisfaire. En fait, Elgion était ravi de ne rien trouver de la stupidité et de la rigidité de Yanus en Alemi, et il commençait à sentir qu'après tout il pourrait être capable d'ouvrir l'esprit de ces gens au-delà des limites de ce fort, réalisant ainsi le vœu de maître Robinton.

Alemi revint le jour suivant le départ des enfants,

posant de nouvelles questions. Il s'arrêta finalement au milieu d'une phrase, se confondant en excuses de tant abuser du temps d'Elgion.

— Je vais vous dire, Alemi, je vous apprendrai ce que vous voulez savoir, si vous m'apprenez à naviguer.

— Vous apprendre à naviguer ?

Elgion eut un large sourire.

— Oui, apprenez-moi à naviguer. Le plus petit des enfants de ma classe en sait plus que moi sur ce sujet, et ma réputation professionnelle est menacée. Après tout, un harpiste est supposé tout connaître. Je me trompe peut-être, mais il me semble que vous n'avez pas besoin de vos deux jambes pour diriger l'une de ces petites yoles dont se servent les enfants.

Le visage d'Alemi s'éclaira, et il frappa le dos du harpiste avec enthousiasme.

— Bien sûr que je peux. Par la Première Coquille, l'ami, je serai heureux de le faire. Heureux.

Et Alemi ne fut satisfait qu'après avoir emmené sur-le-champ le harpiste à la caverne du Bassin pour lui apprendre les bases de l'art maritime. Dans son domaine, Alemi était un aussi bon professeur que le harpiste, et Elgion était capable de traverser le port tout seul à la fin de la première leçon. Bien sûr, comme le fit remarquer Alemi, le vent venait du bon côté et la mer était calme, des conditions idéales pour naviguer.

— Qui sont rarement prédominantes ? demanda Elgion.

Il fut récompensé par un éclat de rire compréhensif d'Alemi.

— Eh bien, de la pratique naît la perfection, et je préfère enseigner la pratique.

— Et la théorie.

Leur amitié fut ainsi cimentée par les longues visites qu'ils se rendaient et au cours desquelles ils échangeaient leurs connaissances. Toutefois, Elgion hésitait à soulever le problème des lézards-de-feu que le weyr lui avait demandé de rechercher. Il avait fouillé autant de plages accessibles à pied qu'il avait pu. Néanmoins, il en restait quelques-unes qui ne pouvaient être explorées que depuis la mer. Il espérait que les leçons d'Alemi lui permettraient bientôt d'explorer ces plages. Il était certain que Yanus traiterait avec mépris toute recherche de lézards-de-feu, et il ne voulait pas impliquer Alemi dans un projet qui pourrait lui attirer la colère de Yanus. Alemi avait déjà suffisamment de problèmes avec sa jambe cassée.

Par une matinée ensoleillée, Elgion décida de mettre son projet à exécution. Il renvoya les enfants de bonne heure, rechercha Alemi et lui confia qu'il voulait tester ses capacités par cette belle journée. Alemi rit, jeta un regard expérimenté sur les nuages, et déclara que d'ici le milieu de l'après-midi, le temps serait aussi agréable qu'une bonne douche, mais qu'un peu d'exercice lui ferait faire des progrès.

Elgion obtint d'une tante, à force de cajoleries, un gros paquet de pâtés de poisson et de gâteaux épicés, et les deux hommes partirent. Alemi était maintenant assez agile à terre avec sa béquille et sa jambe maintenue par des attelles, mais il se réjouissait de la moindre occasion pour partir en mer.

Passé les falaises du Demi-Cercle, la mer était un peu agitée par les courants contraires et le vent ; les talents d'Elgion seraient bien mis à l'épreuve. Alemi, insouciant des embruns qui le frappaient à chaque plongeon de l'embarcation dans les vagues, jouait les passagers silencieux, tandis que le harpiste se battait avec le gouvernail et la voile pour maintenir le cap qu'il lui avait fixé le long de la côte. L'homme de la mer prit conscience de la saute de vent quelques instants avant Élgion, mais ce dernier fut assez rapide à noter le changement, ce qui était la preuve des talents pédagogiques du marin.

— Le vent tombe.

Alemi acquiesça et ajusta son cap en fonction de la nouvelle direction du vent. Ils continuèrent, la brise diminuant jusqu'à n'être plus qu'une douce pression sur la voile, et la yole fut propulsée davantage par le courant que par le vent.

— J'ai faim, annonça Alemi alors qu'ils arrivaient en vue des récifs violets et déchiquetés des roches du Dragon.

Elgion relâcha l'écoute, Alemi descendit la voile et la ferla adroitement contre la vergue sans même y penser. Sous sa direction, Elgion arrima le gouvernail de telle sorte que le courant les entraîne paresseusement vers la côte.

— Sais pas pourquoi, dit Alemi, en avalant une bouchée de pâté de poisson, la nourriture a toujours meilleur goût en mer.

— Elgion se contenta de hocher la tête car il avait la bouche pleine. Lui aussi avait bon appétit ; non parce qu'il avait travaillé dur, il n'avait fait que tenir la barre et ajuster la voile de temps en temps.

— Cela me fait penser qu'on n'a pas souvent le temps de manger en mer, ajouta Alemi. Je n'ai pas été aussi tranquille sur un bateau depuis que je suis assez vieux pour remonter un filet.

Il s'étira et déplaça légèrement sa jambe malade, sa maladresse et l'inconfort, qui résulta de ce mouvement, le firent grimacer.

Soudain, il s'écarta du bastingage et se pencha vers un petit coffre fixé contre la courbe de la coque.

— M'en doutais, fit-il avec un large sourire en retirant une ligne, un hameçon et des vers séchés.

— Vous ne pouvez pas laisser tomber ?

— Quoi ? Avec Yanus et ce qu'il pense des bras inutiles ? Alemi passa adroitement la ligne dans l'hameçon et l'amorça. Voilà. Vous pourriez aussi essayer de monter une ligne et de placer l'appât. À moins que le maître harpiste n'ait quelque chose contre le mélange des genres ?

— Le maître Robinton dit que plus on en sait, mieux ça vaut.

Alemi hocha la tête, les yeux fixés sur le courant.

— Oui, envoyer des gars dans d'autres forts de Mer pour y être adoptés ne répond pas vraiment à la question, n'est-ce pas ?

Il lança la ligne avec habileté, la regardant s'éloigner du bateau à la dérive avant de couler. Elgion imita assez bien ce lancer et s'installa, comme Alemi, pour attendre les résultats.

— Qu'allons-nous attraper par ici ?

Alemi fit une moue d'indifférence.

— Probablement rien. Marée haute, courant fort, milieu de la journée. Les poissons se nourrissent à l'aube, sauf s'il y a des Fils.

— C'est pour cela que vous utilisez du ver séché ?

Parce que ça ressemble aux Fils ? Elgion ne put retenir un frisson à la pensée de Fils flottant librement.

— C'est juste.

Le silence qui entoure souvent les pêcheurs s'installa tranquillement sur le bateau.

— Des raies jaunes, si on attrape quelque chose, dit finalement Alemi en réponse à la question qu'Elgion avait presque oublié avoir posée. Des raies jaunes ou un packtail très affamé. Ils mangeraient n'importe quoi.

— Un packtail ! C'est bon à manger ?

— La ligne cassera. Les packtails sont trop lourds pour elle.

— Oh.

Le courant les menait inexorablement vers les roches du Dragon. Malgré son désir d'amener Alemi à en parler, Elgion ne trouvait pas d'entrée en matière adéquate. Arrivé à peu près au point où il sentit qu'il ferait mieux d'aborder la question avant qu'ils ne soient poussés dans les roches par le courant, Alemi inspecta les alentours. Ils n'étaient plus qu'à quelques longueurs du dragon du plus avancé des grands récifs. L'eau clapotait doucement contre leur base, révélant parfois les pointes déchiquetées de roches sous-marines. Alemi déploya la voile et tira sur l'écoute.

— Il faut mettre plus d'eau entre nous et eux. Dangereux, ces roches immergées. Quand la marée monte, le courant peut vous précipiter en plein dessus. Si vous venez par ici seul, et vous en serez bientôt capable, assurez-vous de garder vos distances.

— Les gamins disent qu'un jour vous avez vu les lézards-de-feu par ici, laissa échapper Elgion.

Alemi lui lança un long regard amusé.

— Disons que je ne vois pas ce que cela aurait pu être d'autre. Ce n'était pas des wherries : trop rapides, trop petits, et les wherries ne peuvent pas manœuvrer de cette manière. Mais des lézards-de-feu ? Il rit et haussa les épaules pour indiquer son scepticisme.

— Et si je vous disais que de telles choses existent ? Que F'nor, le cavalier de Canth, en a marqué un dans le Sud, tout comme cinq ou six autres chevaliers ? Que les weyrs sont à la recherche d'autres couvées de lézards, et qu'on m'a demandé de fouiller les plages.

Alemi stupéfait regarda le harpiste. Puis la yole tangua dans les subtils courants contraires.

— Attention maintenant, tirez le gouvernail à fond à bâbord. Non, à gauche, l'ami !

Ils attendirent d'avoir laisser les roches menaçantes du Dragon à bonne distance vers l'arrière avant de reprendre la conversation.

— On peut marquer les lézards-de-feu ?

Si la voix d'Alemi trahissait son incrédulité, une lueur d'excitation brillait dans ses yeux et Elgion sut qu'il venait de se faire un allié ; il lui en dit autant qu'il en savait lui-même.

— Eh bien, cela expliquerait pourquoi on en voit si rarement à l'âge adulte, et pourquoi ils échappent à la capture aussi habilement. Ils vous entendent arriver. Alemi rit, secouant la tête. Quand je pense aux fois...

— Moi aussi. Elgion eut un large sourire, se rappelant son enfance et ses tentatives pour construire un piège efficace.

— Nous allons jeter un coup d'œil aux plages ?

— C'est ce que N'ton a suggéré. Des plages de sable, des endroits abrités, de préférence difficiles à trouver pour des jeunes garçons turbulents. Il y a beaucoup d'endroits où une reine lézard pourrait cacher une couvée par ici.

— Pas avec des marées aussi hautes à cette saison.

— Il doit bien y avoir des plages assez profondes.

Les arguments d'Alemi commençaient à impatienter Elgion.

Le marin lui fit quitter le siège près de la barre et il se mit rapidement à tirer des bords.

— J'ai vu des lézards-de-feu près des roches du Dragon. Et ces aiguilles feraient d'excellents weyrs. Ce n'est pas que je pense que nous ayons une chance d'en avoir aujourd'hui. Ils se nourrissent à l'aube : c'est à ce moment-là que j'en ai vu. Toujours, et Alemi gloussa, je pensais que mes yeux me trahissaient parce que c'était à la fin d'une longue observation et que les yeux d'un homme peuvent lui jouer des tours au lever du jour.

Alemi dirigea la petite yole plus près des roches du Dragon qu'Elgion ne l'aurait osé. En fait le harpiste se retrouva agrippé au bastingage, s'éloignant furtivement des immenses pics alors que la légère embarcation les dépassait. Il ne faisait aucun doute que les roches étaient truffées de trous, autant de weyrs probables pour les lézards-de-feu.

— Je ne tenterais pas ce genre de navigation si la marée n'était pas haute, Elgion, dit Alami en louvoyant entre les roches les plus centrales et la terre balayée par la marée. Il y a un sacré paquet de rochers à éventrer les navires dans ce coin, même à mi-marée.

C'était tranquille, avec les vagues qui caressaient doucement l'étroite bande de sable entre la mer et la falaise. Assez tranquille pour que le son parfaitement identifiable d'une flûte parvînt au-dessus de l'eau.

— Vous avez entendu ça ? Elgion saisit le bras d'Alemi

— Entendu quoi ?

— La musique !

— Quelle musique ?

Alemi se demanda un bref instant si le soleil était assez fort pour que le harpiste fût victime d'une insolation. Toutefois, il tendit l'oreille à l'écoute de tout son inhabituel, suivant la direction du regard d'Elgion vers les falaises. Son cœur se serra un moment, puis il dit :

— De la musique ? C'est absurde ! Ces falaises sont remplies de cavernes et de trous. Tout ce que vous entendez, c'est le vent...

— Il n'y a pas le moindre souffle de vent...

Alemi dut l'admettre car il avait laissé la vergue libre et commençait même à se demander s'ils auraient assez de vent pour tirer les bords qui les éloigneraient du côté nord des roches.

— Et regardez, dit Elgion, il y a une cavité dans la paroi de la falaise. Assez grande pour qu'une personne s'y introduise, je parierais. Alemi, ne pourrions-nous pas aborder ?

— Pas sans rentrer à pied au fort, ou il faudrait attendre la marée basse.

— Alemi ! C'est de la musique ! Pas le vent dans les trous ! Il y a quelqu'un qui joue de la flûte de Pan.

Une pensée furtive fit passer une ombre de tristesse sur le visage d'Alemi de manière si évidente qu'Elgion en devina la raison. D'un seul coup, toutes les énigmes concernant le musicien semblèrent se résoudre.

— Votre sœur, celle qui est portée disparue. C'est

elle qui a écrit ces chansons. Elle qui a enseigné aux enfants, pas cet adopté si commodément renvoyé !

— Menolly ne joue d'aucune flûte, Elgion. Elle s'est coupée la main gauche en vidant un packtail, et elle ne peut fermer ou ouvrir les doigts.

Elgion se rassit sur le pont, abasourdi, mais entendant toujours le son clair de la flûte de Pan. De la flûte de Pan ? Il fallait deux mains entières pour jouer de ce genre d'instrument. La musique cessa et le vent, se levant alors qu'ils dépassaient les roches du Dragon, emporta le souvenir de cette musique irréelle. Cela avait pu être la brise de terre glissant par-dessus les falaises et résonnant dans les cavités des parois.

— C'est Menolly qui a donné des leçons aux enfants, n'est-ce pas ?

Alemi acquiesça lentement.

— Yanus a pensé que le fort serait déshonoré qu'une fille ait pris la place du harpiste.

— Déshonoré ? Une fois de plus, Elgion fut consterné par l'étroitesse d'esprit du seigneur du fort. Alors qu'elle leur a si bien appris ? Alors qu'elle est capable de composer des airs comme ceux que j'ai vus ?

— Elle ne peut plus jouer, Elgion. Cela serait cruel de le lui demander désormais. Elle ne voulait même plus chanter pendant les veillées. Elle s'en allait aussitôt que vous commenciez à jouer.

Ainsi, il ne s'était pas trompé, pensa Elgion, cette grande fille était bien Menolly.

— Si elle est en vie, elle est plus heureuse loin du fort ! Si elle est morte... Alemi n'acheva pas.

Ils continuèrent de voguer en silence, les roches du Dragon disparurent, redevenant des formes indistinctes et violettes tandis que les deux hommes évitaient de croiser leurs regards.

Elgion était maintenant en mesure de comprendre bien des choses au sujet de la disparition de Menolly et de la réticence qu'avait témoignée tout le fort à parler d'elle ou à la retrouver. Il ne faisait plus de doute dans son esprit que cette disparition avait été volontaire. Toute personne assez sensible pour avoir composé de telles mélodies avait dû trouver la vie du fort intolérable, surtout avec Yanus comme seigneur et père. Et être de surcroît considérée comme un déshonneur ! Elgion maudit Petiron de ne pas avoir exposé le problème clairement. Si seulement il avait dit à Robinton que ce musicien prometteur était une fille, elle aurait pu être à l'atelier de harpe avant que ce couteau ne lui entaille la main.

— Il n'y aurait pas eu de nids dans la crique des roches du Dragon, dit Alemi, interrompant les sombres pensées d'Elgion. L'eau arrive jusqu'à l'escarpement à marée haute. Il y a un endroit... Je vous y mènerai après la prochaine chute de Fils. À une bonne journée de voile plus bas sur la côte. Vous avez dit qu'on peut marquer un lézard-de-feu ?

— Je mettrai en place le signal pour que N'ton vous en parle après la prochaine Chute. Elgion était assez content de saisir la moindre chance de briser la gêne qui s'était installée entre eux. Apparemment, nous pouvons marquer l'un comme l'autre, quoique un harpiste débutant et un jeune marin puissent être assez loin sur la liste des œufs disponibles.

— Par l'étoile de l'aube, quand je pense aux heures que j'ai passées étant gamin...

150

— Qui ne l'a pas fait ? Elgion lui rendit son sourire, lui aussi était excité par cette possibilité.

Cette fois leur silence était complice et quand ils échangeaient des regards, c'était pour se remémorer les fantasmes de capture des insaisissables et tant désirés lézards-de-feu de leur enfance.

Alors qu'ils tiraient des bords dans la caverne du Bassin, tard dans l'après-midi, Alemi lui demanda :

— Vous comprenez pourquoi vous ne devez pas savoir que c'était Menolly qui a donné les cours aux enfants ?

— Le fort n'est pas déshonoré. Elgion sentit la main d'Alemi se resserrer autour de son bras, aussi acquiesça-t-il. Mais je ne trahirai pas ce secret.

Si cette réponse rassura le marin, elle renforça la détermination d'Elgion à trouver qui jouait cette musique sur la flûte de Pan. Pouvait-on jouer de cet instrument avec une seule main ? Il était convaincu d'avoir entendu de la musique et non le souffle du vent dans les roches. D'une manière ou d'une autre, que ce soit pour rechercher des lézards-de-feu ou non, il devait se rapprocher suffisamment pour examiner cette caverne dans la crique des roches du dragon.

Le jour suivant, il pleuvait, une fine bruine qui ne découragea pas les pêcheurs mais qui rendit Elgion comme Alemi peu désireux de s'embarquer dans un long et peut-être stérile trajet à bord d'un bateau découvert.

Ce même soir, Yanus demanda à Elgion d'excuser les enfants pour les cours du lendemain matin car on avait besoin d'eux pour le ramassage des ajoncs qui servaient à fumer le poisson. Elgion accorda la permission demandée en réprimant son désir de remercier le seigneur de Mer de cette journée de liberté, et décida de se lever de bonne heure pour partir chercher la réponse à l'énigme que posait cette musique.

Il fut debout avec le soleil, le premier dans la grande salle et, pour sortir, il retira les barres des portes métalliques, sans réaliser que cet acte renouvelait celui qui avait tant déconcerté le fort lors de la disparition de Menolly

Des pâtés de poisson et des fruits séchés dans la poche, sa propre flûte accrochée dans le dos, une solide corde autour de la taille (car il lui avait semblé qu'il pourrait en avoir besoin pour descendre la paroi de la falaise), Elgion partit.

CHAPITRE NEUF

> Oh, langue, donne naissance au bonheur et chante
> La promesse de l'espoir dans le souffle du dragon.

La faim des lézards-de-feu tira Menolly du sommeil. Il n'y avait rien à manger dans la caverne parce que la veille le temps avait été assez humide pour les retenir tous à l'intérieur. Elle vit que la marée était au plus bas et que le ciel était clair.

— Si nous nous dépêchons, nous pouvons descendre le long de la côte et ramasser un joli paquet d'araignées-soldats. Elles seront parties dans peu de temps, dit-elle à ses amis. Ou bien nous pourrons chercher des mites de roche. Alors allons-y, Belle.

La petite reine fredonna depuis son douillet nid de paille, et les autres commencèrent à s'agiter. Menolly se pencha et chatouilla le cou de Paresseux qui était étendu à ses pieds. Il lui donna une tape, se soulevant pour laisser échapper un énorme bâillement. Ses paupières battirent et ses yeux rouges luirent faiblement.

— Maintenant, ne commencez pas à être après moi. Je vous ai réveillés pour que nous puissions partir. Vous n'aurez pas faim longtemps si nous usons tous de notre énergie avec intelligence.

Tandis qu'elle descendait vers la plage avec agilité, ses amis la survolant gracieusement en sortant de la caverne, certains des autres lézards-de-feu se nourissaient sur les hauts fonds. Menolly leur lança un salut tout en se demandant une fois de plus si les autres lézards, à l'exception de la reine, étaient vraiment conscients de sa présence. Elle trouvait grossier de ne pas honorer sa présence, qu'ils lui répondent ou non. Peut-être un jour seraient-ils assez habitués à elle pour répondre ?

Elle dérapait sur les roches mouillées tout au bout de la crique, grimaçant quand une aspérité plus tranchante se faisait douloureusement sentir à travers la semelle de plus en plus fine de ses bottes. Voilà un problème dont il faudrait qu'elle se préoccupe bientôt : de nouvelles semelles pour ses bottes. Sur des surfaces aussi irrégulières, elle ne pouvait pas marcher pieds nus. Et elle ne pourrait certainement pas grimper non plus si ses orteils étaient à vif. Elle devait attraper un autre wherry et tanner la peau d'une de ses pattes afin d'obtenir une semelle suffisamment solide.

Mais comment coudre le nouveau cuir sur son ancienne semelle ? Elle baissa les yeux sur ses pieds, les déplaçant prudemment, autant pour les préserver que pour ménager le cuir.

Elle conduisit sa bande jusqu'à la crique la plus éloignée qu'ils aient explorée, assez loin sur la côte pour que les roches du Dragon n'apparaissent qu'à peine à l'horizon. Mais cette longue marche en valait la peine car les araignées-soldats filaient en tous sens sur la large courbe de la plage. Juste au-dessus de sa tête, l'escarpement s'abaissait en plusieurs endroits, et à l'extrémité du croissant de sable, un cours d'eau se jetait dans la mer.

Belle et les autres firent des ravages dans les rangs des araignées-soldats, plongeant sur leurs proies puis remontant en flèche sur les falaises pour les dévorer.

Lorsque son filet fut rempli, Menolly chercha assez de bois flotté pour faire du feu. C'est ainsi qu'elle découvrit le nid, recouvert et presque à la surface de la plage. Mais elle avait vu la faible ligne qui délimitait le monticule en un cercle suspect. Elle balaya suffisamment de sable pour mettre au jour la coquille mouchetée d'un œuf de lézard-de-feu qui durcissait. Elle jeta prudemment un coup d'œil autour d'elle, se demandant si la reine était dans les parages ; mais elle ne vit que son propre groupe de neuf lézards. Elle posa doucement un doigt sur l'œuf : il était encore mou. Elle remit vivement le sable en place et se hâta de s'éloigner du nid. La marque laissée par la marée haute était loin de menacer les œufs. Elle fut heureuse de constater que cette plage était loin de tout fort, de sorte que ces œufs étaient en sécurité.

Elle ramassa du bois en quantité suffisante, éleva un foyer rudimentaire, démarra le feu, tua rapidement les araignées-soldats, les plaça sur une pierre à peu près plate et partit en exploration pendant la cuisson.

Le cours d'eau s'élargissait en se jetant dans la mer. À en juger par la myriade de ruisseaux, des bancs de sable s'étaient formés puis s'étaient déplacés. Menolly remonta le cours de la rivière vers l'intérieur à la recherche du cresson qui poussait souvent là où l'eau était plus fraîche. Des corps tachetés remontaient le courant sous la surface, et elle se demanda si elle pourrait attraper l'un des gros specklers. Alemi se vantait souvent de pouvoir les saisir et les chatouiller pendant qu'ils luttaient contre le courant. Pensant à ses araignées-soldats qui rôtissaient, elle décida de repousser cet exercice à un autre jour. Elle voulait trouver un peu de verdure ; un succulent cresson à l'arrière-goût bizarre et prononcé constituerait un excellent complément aux araignées. Elle en trouva au-delà des eaux saumâtres, là où la rivière était alimentée par des ruisseaux minuscules en provenance des marais plats à travers lesquels elle serpentait. Elle était occupée à se remplir la bouche avec avidité d'une poignée de cresson quand elle se rendit compte de ce qui se passait. Au loin, bas sur l'horizon, le ciel gris était illuminé d'éclairs.

Les Fils ! la peur la cloua au sol ; elle faillit s'étrangler avec la bouchée d'herbes à demi mâchées. Elle essaya de vaincre sa terreur en comptant les éclairs des feux de dragon qui dessinaient un motif dans le ciel : un long, large motif. Si les chevaliers-dragons étaient déjà au travail, les Fils n'arriveraient pas jusqu'où elle se trouvait car elle en était très éloignée.

Mais quelle distance était vraiment sûre ? Elle était tout juste parvenue à la caverne la première fois. Cette fois, elle en était trop loin, même en courant le plus vite possible. La mer derrière elle, la rivière tout prêt. L'eau ! Les Fils se noyaient dans l'eau. Mais jusqu'où descendaient-ils avant de se noyer ?

Se disant avec fermeté que ce n'était pas le moment de paniquer elle se força à avaler le reste du jus de cresson. Mais ses jambes échappèrent à son contrôle et elle se mit à courir vers la mer et vers la sécurité minérale de sa grotte.

Belle apparut au-dessus de sa tête, piquant et pépiant

comme si Menolly lui communiquait son effroi. Rocky et Plongeur arrivèrent avec Mimique, surgissant un demi-battement de paupière plus tard. Ils partageaient son inquiétude, tournant autour de sa tête tandis qu'elle courait, jetant des cris de défi de leur voix perçante de ténor. Puis ils disparurent tous, ce qui rendit la course plus facile à Menolly qui put se concentrer sur l'endroit où elle mettait les pieds.

Elle coupa en diagonale vers les plages, se demandant brièvement s'il ne vaudrait pas mieux suivre la ligne du rivage : elle serait ainsi beaucoup plus proche de la sécurité relative de l'eau. Elle sauta un fossé, se débrouilla pour conserver l'équilibre quand son pied se tordit à l'atterrisage, trébucha quelques pas avant de retrouver sa foulée. Non, il y aurait davantage de rochers sur le rivage qui la ralentiraient et augmenteraient le risque de se fouler une cheville.

Deux reine brillèrent d'un éclat doré au-dessus de sa tête, Rocky et Plongeur revinrent, avec Paresseux, Mimique et Chocolat. Les deux reines pépiaient avec colère, et les mâles, à la surprise de Menolly, se mirent à voler en la précédant, assez haut pour ne pas la gêner. Elle continua de courir.

Elle aborda une hauteur dont la pente raide lui coupa le souffle, si bien qu'elle atteignit le sommet en vacillant et dut se mettre au pas, comprimant un point à son côté droit, continuant à aller de l'avant malgré tout. Enfin elle trouva son second souffle et reprit sa foulée avec l'impression de pouvoir courir sans jamais s'arrêter. Si seulement elle pouvait être assez rapide pour rester hors de portée des Fils... Elle garda les yeux fixés sur les roches du Dragon, refusant de regarder par-dessus son épaule pour ne pas s'affoler davantage.

Elle s'approcha aussi près qu'elle l'osa du bord de l'escarpement. Elle avait déjà glissé une fois au bas d'une falaise sans dommage, elle le risquerait encore pour atteindre l'eau si c'était nécessaire. Elle courait, un œil sur les roches du Dragon, un sur le sol devant ses pieds.

Elle entendit le déplacement d'air, les cris de stupéfaction des lézards-de-feu, vit l'ombre et tomba à terre en se couvrant instinctivement la tête de ses mains, le corps tendu dans l'attente de la première brûlure des Fils. Elle sentit la pierre-à-feu, et l'air se fit plus dense autour d'elle.

— Debout, espèce d'idiot ! Et dépêche-toi ! Le front est presque sur nous !

Menolly leva les yeux, incrédule, et rencontra le regard tourbillonnant d'un dragon brun. Il baissa la tête et émit un bourdonnement insistant.

— Grimpe ! dit son cavalier.

Menolly ne perdit pas de temps. Après un regard frénétique aux bouquets de flammes et aux dragons qui piquaient et disparaissaient, elle bondit sur ses pieds, plongea vers la main tendue du chevalier et l'une des extrémités du harnais, et se retrouva fermement maintenue en travers du cou du brun, derrière le cavalier.

— Cramponne-toi à moi. Et n'aie pas peur. Je vais t'emmener à Benden par l'Interstice. Il va faire froid et noir, mais je serai avec toi.

Le soulagement d'avoir été sauvée alors qu'elle s'attendait à être blessée ou tuée était trop grand pour qu'elle puisse répondre. Le dragon brun courut à moitié vers le bord de l'escarpement, se laissa tomber le temps d'étendre ses ailes et remonta. Menolly tout en luttant pour remplir ses poumons d'air et soulager sa poitrine comprimée, se sentit pressée contre la chair douce et chaude et le dos vêtu de cuir de son sauveur. Elle eut la brève vision de ses petits lézards-de-feu qui essayaient vainement de suivre quand le dragon entra dans l'Interstice.

La sueur gela sur son front et ses joues, dans son dos, sur ses mollets, dans ses bottes humides et en lambeaux et sur ses pieds endoloris. Il n'y avait pas d'air à respirer, et elle sentit qu'elle allait suffoquer. Elle resserra ses mains convulsivement autour du chevalier-dragon, mais elle ne pouvait sentir sa présence ou celle du dragon qu'elle se savait chevaucher.

Maintenant, pensa-t-elle avec cette partie de son esprit qui n'était pas paralysée par la terreur, elle comprenait vraiment ce Chant d'Enseignement. Il fallait ressentir cet effroi pour le comprendre pleinement.

Soudain, la vue, l'ouïe, les sensations et le souffle lui revinrent. Ils descendaient en spiralant d'une hauteur vertigineuse au-dessus du weyr de Benden. Aussi grand que fût le Demi-Cercle, cet endroit peuplé de dragons et d'hommes-dragons était une fois et demie plus grand. L'immense port du Demi-Cercle aurait largement tenu dans la cuvette du weyr.

Alors que le dragon décrivait des cercles, elle vit les gigantesques pierres des Étoiles et le rocher de l'Œil qui indiquaient quand auraient lieu les fatidiques passages de l'Étoile Rouge. Elle vit le dragon de garde à côté des pierres, entendit son vibrant salut au brun qu'elle montait. Entre ses jambes, elle sentit le grondement de réponse dans la gorge du brun. Alors qu'ils glissaient vers le bas, elle vit plusieurs dragons sur le sol de la cuvette, entourés de gens ; elle vit les marches qui conduisaient au weyr de la reine, et la gueule béante du sol d'Éclosion. Baden était plus grand qu'elle ne l'avait imaginé.

Le brun atterrit près des autres dragons et Menolly se rendit alors compte que les animaux avaient été blessés par les Fils et qu'on les soignait. Le brun avait à moitié replié ses ailes, tendant le cou en arrière vers ses deux cavaliers.

— Tu peux cesser de m'étouffer, mon gars, dit le chevalier-brun, l'air amusé, alors qu'il détachait les rênes de combat de sa ceinture.

Menolly détacha ses mains précipitamment, marmonnant des excuses.

— Je ne pourrais jamais assez vous remercier de m'avoir trouvée. Je pensais que les Fils allaient m'avoir.

— Qui donc t'a laissée sortir du fort avec une chute de Fils aussi proche ?

— J'attrapais des araignées-soldats. Je suis sortie de bonne heure ce matin.

Il accepta cette explication improvisée, mais Menolly se demanda comment elle pourrait la rendre plausible. Elle ne parvenait pas à se rappeler le nom du fort le plus proche entre le Demi-Cercle et Nerat.

— Descends, mon gars, je dois rejoindre mon escadrille pour boire un coup.

C'était la seconde fois qu'il l'appelait « mon gars ».

— Tu as une bonne foulée. Jamais pensé à devenir coureur de fond ?

Le chevalier-brun la fit passer devant lui afin qu'elle puisse se laisser glisser des épaules du dragon. Au moment où ses pieds touchèrent le sol, elle crut qu'elle allait s'évanouir de douleur. Elle s'agrippa frénétiquement à l'intérieur du dragon. Il vint la renifler avec sympathie, fredonnant à l'intention de son cavalier.

— Branth dit que tu es blessé ? L'homme se laissa glisser rapidement derrière elle.

— Mon pied ! Elle avait complètement déchiré ses bottes sans s'en apercevoir, et ses pieds lacérés étaient couverts de sang des orteils jusqu'aux chevilles.

— Je vais avertir les autres. Allons-y !

Il la saisit par le poignet et d'une secousse la jeta par-dessus son épaule. En entrant dans les cavernes inférieures, il appela pour que quelqu'un apporte un pot d'herbe calmante.

On l'assit sur une chaise, le sang battant dans ses oreilles. Quelqu'un appuyait ses pieds blessés sur un tabouret pendant que des femmes s'approchaient.

— Hé, Manora, Felena, appela le chevalier-brun.

— Regardez-moi ces pieds ! Il a couru jusqu'au sang !

— T'gran, où donc...

— Je l'ai vu essayer de prendre les Fils de vitesse du côté de Nerat. Il était à deux doigts d'y passer !

— À deux doigts de pied, effectivement. Manora, tu peux m'accorder un moment s'il te plaît ?

— On commence par nettoyer les pieds ou...

— Non, d'abord une tasse de potion, suggéra T'gran. Il va falloir découper les bottes...

Quelqu'un pressa une tasse sur ses lèvres, lui enjoignant de tout avaler d'un coup. Sur un estomac vide, à l'exception de quelques feuilles de cresson, le jus de fellis agit si rapidement que le cercle de visages qui l'entouraient devint un brouillard flou.

— Dieu du ciel, les habitants des forts deviennent fous. Sortir en pleine chute de Fils. C'est le deuxième que nous sauvons aujourd'hui.

Menolly se dit que celle qui venait de parler était Manora.

Ensuite, les voix devinrent un murmure incompréhensible. Menolly était incapable de fixer son regard. Elle paraissait flotter à quelques brasses du sol. Ce qui lui convenait car de toute façon elle n'avait aucune intention d'utiliser ses pieds.

Assis à une table de l'autre côté de la cuisine de la caverne, Elgion crut d'abord que le garçon s'était évanoui de soulagement après avoir été sauvé. Il pouvait le comprendre, ayant lui-même été repéré par un chevalier-dragon alors qu'il courait à toutes jambes vers le Demi-Cercle, totalement hors d'haleine et pensant mourir.

Maintenant, l'estomac plein du bon ragoût du weyr, ayant repris sa respiration et ses esprits, il était contraint d'envisager la folie qu'il avait commise en sortant du fort alors qu'une chute était imminente. L'accueil qu'on lui réserverait à son retour au Demi-Cercle n'avait pas de quoi faire sourire. On l'accuserait d'avoir déshonorer le fort ! Quant à expliquer qu'il recherchait des œufs de lézards-de-feu... Voilà qui ne plaisait guère à Yanus. Même Alemi, qu'allait-il penser ? Elgion soupira et regarda plusieurs femmes du weyr emporter le garçon vers les cavernes d'habitation. Il se leva à moitié, se demandant s'il aurait dû proposer son aide. Puis il vit son premier lézard-de-feu et oublia tout le reste.

C'était une petite reine dorée, plongeant dans la caverne, lançant des appels pitoyables. Elle parut être suspendue en l'air, sans bouger, puis elle s'évapora. L'instant d'après, elle plongeait à nouveau dans la caverne de la cuisine, moins agitée mais cherchant quelque chose ou quelqu'un.

Une jeune fille émergea des cavernes d'habitation, vit le lézard et tendit le bras. La petite reine se posa délicatement, frottant sa tête minuscule sur le visage de la jeune fille tandis que, de toute évidence, cette dernière la rassurait. Elles partirent toutes les deux vers la cuvette.

— Vous n'en aviez jamais vu harpiste ? demanda une voix amusée, et Elgion sortit de sa torpeur pour se tourner vers la femme qui lui avait servi à manger.

— Non, jamais.

Le regret que révélait sa voix la fit rire.

— C'est Grall, la petite reine de F'nor, lui dit Felena. Puis elle demanda à Elgion s'il voulait encore du ragoût.

Il refusa poliment car il en avait déjà eu deux assiettes pleines : la nourriture était la méthode utilisée par le weyr pour rassurer ceux qu'il secourait.

— Il faudrait vraiment que je m'occupe de savoir comment je vais rentrer au fort de Mer du Demi-Cercle. Ils vont tous avoir découvert mon absence et...

— Ne vous inquiétez pas de cela, harpiste, le mot a été passé par les escadrilles de combat. Ils feront savoir au Demi-Cercle que vous êtes en sécurité ici.

Elgion remercia comme il convenait, mais il ne pouvait s'empêcher de se tourmenter à propos du mécontentement probable de Yanus. Il faudrait simplement qu'il établisse clairement qu'il avait agi sur ordres du weyr. Yanus était tout sauf irrespectueux des ordres de son weyr. Néanmoins, Elgion n'envisageait pas son retour avec enthousiasme. Il ne pouvait pas non plus exiger de partir alors que les dragons rentraient fatigués d'avoir éliminé les Fils avec succès.

Le jeune harpiste fut soulagé quand T'gellan, le chef de l'escadrille bronze désigné pour cette chute, le rassura.

— Je leur ai moi-même dit que vous étiez sain et sauf. Ils étaient tous prêts à lancer une expédition de recherche. Ce qui, pour le vieux Yanus, est une remarquable concession.

Elgion fit la grimace.

— Je suppose que cela ne ferait pas bien de perdre deux harpistes en si peu de temps.

— Sottises. Yanus est déjà plus attaché à vous qu'aux poissons ! C'est du moins ce qu'a dit Alemi.

— Il était fâché ?

— Qui ? Yanus ?

— Non, Alemi.

— Pourquoi ? Je dirais plutôt qu'il était plus content que Yanus de vous savoir en sécurité et indemne à Benden. Plus important, avez-vous vu des signes de nids de lézards-de-feu ?

— Non.

T'gellan soupira, faisant glisser sa large ceinture de vol et ouvrant sa lourde veste de cuir.

— Et comment que nous avons besoin de ces damnées bestioles !

— Elles sont à ce point utiles ?

T'gellan lui jeta un long regard.

— Peut-être pas. Lessa pense qu'elles sont une vraie calamité ; mais elles ressemblent et se conduisent comme des dragons. Et elles donnent juste un bon aperçu à ces seigneurs de fort bornés et étroits d'esprit,

164

insensibles, de ce que c'est que de monter un dragon. Cela va rendre la vie... et les progrès... plus faciles pour nous autres des weyrs.

Elgion espérait que ceci avait été clairement expliqué à Yanus ; et il allait suggérer avec tact qu'il était prêt à rentrer au fort lorsque le chevalier-bronze fut appelé à l'extérieur pour examiner l'aile blessée d'un dragon.

Ce délai fut instructif. Il se dit que ses observations pourraient lui être utiles pour reconquérir la faveur de Yanus — puisqu'il avait une occasion de voir la vie d'un weyr autrement qu'à travers les sagas et les Ballades.

Un dragon blessé gémit aussi pitoyablement qu'un enfant jusqu'à ce qu'un baume soit appliqué sur ses plaies. Un autre dragon pleurait de chagrin parce que son cavalier était blessé. Elgion observa l'attitude touchante d'un vert, chantant anxieusement pour son cavalier qui s'appuyait sur sa patte tandis que les femmes du weyr lui bandait un bras brûlé par les Fils.

Il vit les adolescents du weyr qui baignaient et enduisaient d'huile leurs jeunes animaux, entourés de l'attention de plusieurs lézards-de-feu. Il vit les enfants qui remplissaient les sacs de pierre-à-feu pour la prochaine chute de Fils, et ne put manquer de noter qu'ils se plaignaient moins de cette corvée pénible que ne l'auraient fait ceux du fort.

Il s'aventura même jusqu'à jeter un coup d'œil dans la salle d'Éclosion où était étendue la reine Ramoth, protégeant ses œufs de son corps lové. Il se baissa, espérant qu'elle ne l'avait pas vu.

Le temps passa si vite qu'Elgion fut surpris d'entendre les femmes de cuisine appeler à se mettre à table. Il hésitait sur le seuil, se demandant que faire, quand T'gellan le saisit par le bras et le propulsa vers une table vide.

— G'sel, viens ici avec ton satané bronze. J'aimerais que le harpiste du Demi-Cercle le voit. C'est un de ceux de la couvée d'origine que F'nor a découverte dans le Sud, dit T'gran plus bas tandis qu'ils regardaient le jeune homme trapu se frayer un chemin vers eux au milieu des tables, balançant un lézard-de-feu bronze sur son avant-bras.

— Voici Rill, harpiste, dit G'sel, tendant le bras vers Elgion. Rill, sois courtois ; il est harpiste.

Le lézard étendit les ailes avec une grande dignité, exécutant ce qu'Elgion interpréta comme une révérence, tandis que ses yeux le fixaient intensément comme des joyaux. Ne sachant pas comment on saluait un lézard-de-feu, Elgion tendit timidement la main.

— Grattez-le au-dessus des yeux, suggéra G'sel. Ils adorent tous cela.

À la surprise et au ravissement d'Elgion, le lézard accepta la caresse, et comme elle lui faisait du bien, ses paupières commencèrent à se fermer de plaisir.

— Voilà un nouveau converti, dit T'gellan, riant en tirant sa chaise. Le bruit sortit l'animal de sa somnolence et il siffla doucement en direction de T'gellan. Vous constaterez aussi que ce sont des créatures entières, harpiste, possédant peu le sens des nuances.

C'était à l'évidence une vieille blague car G'sel s'assit sans y prêter attention et incita avec douceur Rill à s'installer sur le rembourrage de son épaule afin de lui permettre de manger le dîner qui venait d'être servi.

— Jusqu'à quel point comprennent-ils ? demanda

166

Elgion prenant la chaise en face de G'sel, de manière à mieux voir Rill.

— Tout, d'après ce que dit Mirrim des trois qu'elle possède.

T'gellan manifesta ses doutes avec bonne humeur.

— Je peux demander à Rill de porter un message à n'importe quel endroit où il est déjà allé. Et même à une personne qu'il connaît dans un autre weyr ou fort où je l'ai emmené. Il me suit partout où je vais. Même pendant les chutes de Fils. T'gellan renifla et G'sel ajouta : je t'avais dit de regarder aujourd'hui, T'gellan. Rill était avec nous.

— C'est cela, et dis aussi à Elgion combien de temps met Rill à revenir après avoir porté un message.

— D'accord, d'accord, dit G'sel en riant tout en caressant Rill affectueusement. On verra quand tu en auras un à toi, T'gellan...

— Possible, possible, répondit le chevalier-bronze, décontracté. À moins qu'Elgion nous trouve une autre couvée, il ne nous restera plus qu'à t'envier.

T'gellan changea ensuite de sujet pour demander des nouvelles du Demi-Cercle, posant des questions d'ordre général afin de ne pas embarrasser ou compromettre Elgion. De toute évidence, T'gellan connaissait la réputation de Yanus.

— Si vous vous sentez trop isolé là-bas, harpiste, n'hésitez pas à mettre le signal et nous viendrons vous chercher pour passer la soirée ici.

— L'éclosion aura bientôt lieu, suggéra G'sel, avec un grand sourire et un clin d'œil à l'adresse d'Elgion.

— Il ne fait aucun doute qu'il sera là, approuva T'gellan.

Puis Rill stridula pour demander à manger et le chevalier-bronze reprocha à G'sel d'avoir fait du lézard un mendiant importun. Elgion remarqua toutefois que T'gellan lui-même trouva un bon morceau pour le petit bronze, et il l'imita lui aussi en donnant un peu de viande à la créature qui la prit délicatement sur la pointe du couteau.

À la fin du repas, Elgion était prêt à braver la pire des colères de Yanus pour trouver une couvée de lézards-de-feu et marquer son propre lézard. Cette perspective rendait son retour inévitable plus facile.

— J'ai bien fait de vous présenter, Elgion, dit T'gellan en se levant enfin de table. Et je ferais mieux aussi de vous ramener de bonne heure. Il est inutile de contrarier Yanus plus que nécessaire.

Elgion ne sut pas comment il devait prendre cette remarque ou le clin d'œil qui l'accompagnait, surtout qu'il faisait maintenant complètement noir et que, pour autant qu'il sache, les portes du fort seraient déjà barricadées par la nuit. Trop tard désormais pour regretter de ne pas être rentré aussitôt le retour des chevaliers-dragons après la chute. Mais dans ce cas, il n'aurait pas rencontré Rill.

Ils furent bientôt en vol. Elgion se délectait de cette expérience, penchant la tête pour apercevoir le plus possible du paysage dans l'air clair de la nuit. Il n'eut qu'une vision fugitive des collines de la chaîne des Hauteurs de Benden avant que T'gellan ne demande à Monarth de les conduire dans l'Interstice.

Soudain, l'obscurité disparut : le soleil était à deux doigts au-dessus de la mer qui brillait quand ils émergèrent au-dessus du port du Demi-Cercle.

— Je vous avais dit que je vous ramènerais de bonne heure, dit T'gellan, se retournant avec un grand sourire devant l'exclamation stupéfaite du harpiste. Nous ne sommes pas supposés faire ce genre de chose. Mais pour la bonne cause...

Monarth descendit en faisant des cercles paresseux de sorte que le fort tout entier était rassemblé dans la cour lorsqu'ils atterrirent. Yanus devança les autres à grandes enjambées alors qu'Elgion cherchait Alemi des yeux.

T'gellan sauta des épaules du bronze et aida Elgion en faisant tout un spectacle tandis que le fort retentissait des cris de bienvenue.

— Je ne suis ni infirme ni sénile, marmonna Elgion dans sa barbe, conscient de la proximité de Yanus. N'en faites pas trop.

T'gellan posa son bras en travers des épaules d'Elgion en un geste de camaraderie, le visage rayonnant à l'approche du seigneur de Mer.

— Pas du tout, dit-il du coin de la bouche. Le weyr vous soutient !

— Seigneur, je suis profondément embarrassé par les désagréments que j'ai...

— Non, harpiste Elgion, l'interrompit T'gellan, c'est au weyr de s'excuser. Vous étiez inébranlable dans votre désir de rentrer au Demi-Cercle sur l'heure. Mais Lessa devait avoir son rapport, Yanus, nous avons donc dû attendre.

Malgré ce que Yanus était sur le point de dire à son harpiste fautif, il fut stoppé net par l'approbation évidente de T'gellan. Le seigneur du fort se balança un instant sur ses pieds, clignant des yeux en réorganisant ses pensées.

— Toute trace de lézard-de-feu que vous découvrez

doit être signalée au weyr aussi vite que possible, continua T'gellan joyeusement.

— Cette histoire était donc vraie ? demanda Yanus avec un grognement incrédule. Ces... ces créatures existent vraiment ?

— Absolument, seigneur, répondit Elgion avec chaleur. J'ai vu, touché et nourri un lézard-de-feu bronze ; son nom est Rill. Il est à peu près aussi gros que mon avant-bras...

— Vraiment ? Vraiment ? Alemi s'était frayé un passage dans la foule, le souffle coupé par l'émotion et l'effort qu'il avait fait en descendant en clopinant aussi vite que possible la rampe qui menait à la cour. Alors vous avez trouvé quelque chose dans la grotte ?

— La grotte ? Elgion avait tout oublié de sa première destination du matin.

— Quelle grotte ? demanda T'gellan.

— La grotte... Elgion avala sa salive et broda hardiment sur le mensonge de T'gellan, dont j'ai parlé à Lessa. Vous étiez sûrement dans la pièce à ce moment-là.

— Quelle grotte ? interrogea Yanus, s'approchant du jeune homme avec une trace de colère dans la voix parce qu'il était tenu à l'écart de la conversation.

La grotte qu'Alemi et moi avons localisée sur le rivage près des roches du Dragon, dit Elgion, essayant de trouver les bonnes répliques. Alemi — Elgion s'adressait à T'gellan maintenant — est le marin qui a vu des lézards-de-feu le printemps dernier près des roches du Dragon. Il y a deux ou trois jours, nous naviguions près de la côte et nous avons vu cette caverne. Je pense qu'il est probable qu'on y trouve des œufs de lézards-de-feu.

170

— Eh bien alors, puisque vous êtes maintenant rendu à la sécurité du fort, je vais vous laisser, harpiste Elgion.

T'gellan était impatient de retrouver Monarth. Et la caverne.

— Vous me direz si vous trouvez quelque chose, n'est-ce pas ? lui cria Elgion qui ne reçut qu'un signe rapide de la main avant que le chevalier-bronze ne saute sur le dos de Monarth.

— Nous ne lui avons pas offert l'hospitalité pour le remercier de s'être dérangé pour vous ramener, dit Yanus, contrarié et quelque peu blessé par le départ précipité du chevalier-bronze.

— Il vient juste de manger, répondit Elgion alors que le dragon bronze montait dans le ciel au-dessus des eaux du port enflammées par le soleil couchant.

— Si tôt ?

— Euh, il s'est battu contre les Fils. Et il est chef d'escadrille, aussi doit-il rentrer au weyr.

Cela impressionna vraiment Yanus.

Le chevalier et le dragon disparurent, tirant de la foule une exclamation de surprise ravie. Alemi croisa le regard d'Elgion, et le harpiste dut réprimer son large sourire : il partagerait tout le plaisir de la plaisanterie avec Alemi plus tard. Sauf qu'il en serait la victime si après toutes ces demi-vérités T'gellan trouvait des œufs de lézard-de-feu... ou un joueur de flûte... dans la caverne.

— Harpiste Elgion, dit Yanus avec fermeté, écartant d'un geste les autres habitants du fort alors qu'il se dirigeait vers les portes, harpiste Elgion, je vous serai reconnaissant de quelques mots d'explication.

— Bien sûr, Seigneur, et j'ai beaucoup de choses à vous rapporter sur ce qu'il se passe au weyr. Elgion suivit respectueusement le seigneur du fort. il savait désormais comment s'y prendre avec Yanus sans avoir recours aux échappatoires ou aux mensonges.

CHAPITRE DIX

Mes pieds se levèrent entraînant mes jambes,
De sorte que mon corps dut s'ébranler
À leur suite, mains et bouche emplies de cresson
Et la gorge trop sèche pour le laisser passer.

Lorsque Menolly s'éveilla, elle était dans un endroit tranquille et sombre et l'on chantonnait agréablement à son oreille. Elle savait que c'était Belle, mais elle se demanda comment elle pouvait l'envelopper à ce point de sa chaleur. Elle bougea, et ses pieds lui semblèrent énormes, enflés et très douloureux.

Elle devait avoir fait du bruit parce qu'elle entendit un léger mouvement, puis un brilleur fut à demi découvert dans le coin de la pièce.

— Tu es bien installée ? Tes pieds te font mal ?

La chaleur près de l'oreille de Menolly disparut.

Intelligente Belle, pensa Menolly après avoir craint un intant d'être découverte.

Quelqu'un se penchait maintenant sur elle, rajustant les fourrures autour de ses épaules ; quelqu'un dont les mains étaient douces, apaisantes, qui sentait l'herbe propre et un peu le baume.

— Ils me font juste un peu mal, mentit Menolly car

les élancements dans ses pieds étaient devenus si violents qu'elle craignait que la femme les remarque.

— Tu dois certainement avoir faim. Tu as dormi toute la journée, dit-elle de sa voix apaisante en la caressant de ses douces mains.

— Vraiment ?

— Nous t'avons donné un jus de fellis. Tu as mis tes pieds en lambeaux... La femme marqua une légère hésitation. Ils seront guéris d'ici une huitaine. Aucune coupure grave. La voix calme contenait un soupçon d'amusement. T'gram est convaincu que tu es le plus rapide... coureur de Pern.

— Je ne suis pas un coureur. Je ne suis qu'une fille.

— Pas « juste » une fille. Je vais te chercher quelque chose à manger. Et ensuite il vaudrait mieux dormir encore.

Une fois seule, Menolly essaya de ne pas penser aux élancements de ses pieds et à son corps qui lui paraissait aussi lourd qu'une pierre, inerte. Elle était très inquiète à l'idée que Belle ou les autres viennent et soient découverts par la femme du weyr, et par ce qu'il adviendrait de Paresseux sans personne pour chasser à sa place et...

— Je suis Manora, dit la femme en revenant avec un bol de ragoût fumant et une tasse. Tu te rends compte que tu es au weyr de Benden ? Bien. Tu peux rester ici aussi longtemps que tu le veux, tu sais.

— Je peux ? Un soulagement aussi fort que la douleur de ses pieds l'envahit.

— Oui, tu peux, et la fermeté de cette réponse en fit un droit inaliénable.

— Mon nom est Menolly... Elle hésita parce que Manora hochait la tête. Comment le savez-vous ?

Manora lui fit signe de continuer à manger.

— Je t'ai vue au Demi-Cercle, tu sais, et le harpiste avait demandé au chef d'escadrille de te rechercher... après ta disparition. Nous ne discuterons pas de ça maintenant, Menolly, mais je t'assure que tu peux rester à Benden.

— S'il vous plaît, ne leur dites pas...

— Comme tu veux. Finis ton ragoût et avale toute cette boisson. Tu dois dormir pour guérir.

Elle partit aussi silencieusement qu'elle était entrée, mais Menolly était rassurée. Manora était celle qui dirigeait les femmes du weyr de Benden et sa parole était respectée.

Le ragoût était délicieux, riche en morceaux de viande et bien parfumé d'épices. Elle l'avait presque terminé quand elle entendit un léger bruissement et Belle fut de retour, manifestant pitoyablement sa faim. Avec un soupir, Menolly poussa le bol sous le nez de la petite reine. Belle le nettoya, puis fredonna doucement et frotta sa tête contre la joue de Menolly.

— Où sont les autres ? demanda Menolly, inquiète.

La petite reine soupira à nouveau et commença à se rouler en boule sur l'épaule de Menolly. Elle ne serait pas si détendue si les autres avaient des ennuis, pensa Menolly en avalant son jus de fellis.

— Belle, chuchota Menolly, en poussant la reine du coude, si quelqu'un vient, tu t'en vas. On ne doit pas te voir ici. Tu comprends ?

La reine agita ses ailes avec irritation.

— Belle, on ne doit pas te voir. Menolly parla avec autant de sévérité que possible, et la reine ouvrit un œil, qui se mit à tourner lentement. Oh, ma chérie, tu ne peux pas comprendre ? La reine émit un doux chant pour la rassurer puis ferma les deux yeux.

Le jus de fellis allégeait déjà les membres de Menolly. Les atroces élancements de ses pieds disparaissaient. Alors que ses yeux se fermaient inexorablement, Menolly eut une dernière pensée : comment Belle avait-elle su où elle se trouvait ?

Quand Menolly s'éveilla, ce fut pour entendre de faibles bruits de rires d'enfant, un rire communicatif qui la fit sourire et se demander ce qui pouvait causer une telle hilarité. Belle était partie mais l'espace qu'elle avait occupé près de sa tête était chaud au toucher. Le rideau qui isolait l'alcôve s'écarta et une silhouette se découpa à contre-jour.

— Qu'est-ce qui t'arrive tout d'un coup, Reppa ? demanda la jeune fille à quelqu'un que Menolly ne pouvait pas voir. Oh, très bien. Ça ne fait pas de mal d'être débarrassée de toi pour l'instant. Elle se retourna et vit Menolly qui la regardait. Comment te sens-tu aujourd'hui ? Comme elle réglait le brilleur à pleine puissance, Menolly vit une jeune fille d'à peu près son âge, aux cheveux sombres sagement tirés, le visage triste, fatigué, et bizarrement mûr. Puis elle sourit, et l'impression de maturité s'effaça. Tu as réellement traversé toute la région de Nerat en courant ?

— En fait non, quoique mes pieds me donnent l'impression de l'avoir vraiment fait.

— Imaginez un peu ! Et tu es sortie pendant une chute de Fils ! Il y avait un reproche mêlé de respect dans sa voix.

— Je courais pour trouver un abri, se sentit obligée d'ajouter Menolly.

— À propos de courir, Manora ne pouvait pas venir te voir en ce moment, tu es donc sous ma responsabilité. Elle m'a dit exactement quoi faire, et la jeune fille fit la grimace de manière si expressive que Menolly eut la vision fugitive de Manora laissant des instructions précises, et j'ai beaucoup d'expérience... Une expression de douleur et d'anxiété passa sur son visage.

— Tu es adoptée par Manora ? demanda poliment Menolly.

L'expression s'assombrit encore un instant, puis la jeune fille effaça tout sentiment de son visage, redressant les épaules avec fierté. Non, par Brekke. Mon nom est Mirrim. Je vivais dans le weyr méridional.

Elle fit cette déclaration comme si elle expliquait tout.

— Tu veux dire sur le continent méridional ?

— Oui, et Mirrim parut irritée.

— Je ne savais pas qu'il y avait des gens qui vivaient là-bas. Ces paroles lui étaient à peine sorties de la bouche qu'elle se rappela quelques bribes d'information saisies dans des conversations entre Petiron et son père.

— Où as-tu donc passé ta vie ? demanda Mirrim, exaspérée.

— Au fort de Mer du Demi-Cercle, répondit humblement Menolly car elle ne voulait pas offenser la jeune fille.

Mirrim la regarda, bouche bée.

— Tu n'en as jamais entendu parler ? C'était au tour de Menolly d'être condescendante. Nous avons le plus grand bassin abrité de Pern.

Mirrim la regarda puis elles se mirent toutes les deux à rire et c'est ainsi que naquit leur amitié.

— Écoute, laisse-moi t'aider jusqu'aux toilettes, tu dois être sur le point d'éclater... et Mirrim rabattit vivement les fourrures. Appuie-toi sur moi.

C'est ce que dût faire Menolly car ses pieds étaient incroyablement douloureux, même alors que Mirrim supportait la plus grande partie de son poids. Heureusement les toilettes n'étaient pas à plus de quelques pas de l'alcôve. Quand Menolly regagna péniblement son lit, elle tremblait de la tête aux pieds.

— Reste sur le ventre, Menolly ; ce sera plus facile pour changer tes bandages, dit Mirrim. Il est vrai que je n'ai pas eu souvent à m'occuper de pieds ; mais si tu évites de regarder, cela devrait rendre les choses plus faciles. Dans le Sud, tout le monde disait que j'avais la main douce, et je vais baigner tes pieds dans un anesthésique. Ou bien veux-tu un peu de jus de fellis ? Manora a dit que tu pouvais en avoir.

Menolly secoua la tête.

— Brekke... et la voix de Mirrim se troubla un instant, Brekke m'a appris comment changer des bandages qui collent parce que... Oh, ma pauvre chérie, tes pieds ressemblent à de la viande crue. Oups, ce n'est pas le genre de choses à dire, mais c'est vrai. Ça va s'arranger, d'après Manora il y avait une telle confiance dans sa voix que Menolly préféra y croire. Remarque que les blessures de Fils... ce n'est pas beau non plus. Tu as simplement perdu toute la peau de tes pieds, c'est tout, mais je pense que tu dois déjà le sentir assez comme ça. Désolée. J'ai un peu tiré là. De toute façon, tu n'auras même pas de cicatrices une fois la peau repoussée. C'est en tout cas ce que j'ai observé. Bien. Les brûlures de Fils, ça cicatrise mal. Ça ne s'efface jamais tout à fait. Une chance pour toi que

T'gran t'aie vue courir. Les dragons voient très loin, tu sais. Voilà, ça y est, ça devrait aller mieux...

Menolly eut un haut-le-corps involontaire lorsque Mirrim étala le baume frais sur son pied droit. Elle s'était mordue les lèvres de douleur pendant que la jeune fille, avec des mouvements effectivement très doux, avait retiré les bandages imbibés de sang, mais le soulagement après la souffrance fut presque un choc. Si seule la peau des pieds était arrachée, pourquoi la faisaient-ils souffrir davantage que sa main coupée ?

— Maintenant, il ne reste plus que le pied gauche. L'herbe adoucissante améliore vraiment les choses, n'est-ce pas ? Il t'est arrivé de devoir en faire bouillir ? demanda Mirrim avec un grognement, et, comme d'habitude, elle n'attendit pas la réponse. Pendant trois jours, j'ai serré les dents et je me suis pincé le nez en ne cessant de me dire que ce serait bien pire si nous n'avions pas d'herbe adoucissante. Je suppose que c'est un mal pour un bien, comme dit toujours Manora. Mais tu vas être soulagée de savoir qu'il n'y a aucun signe d'infection...

— D'infection ? Menolly s'appuya brusquement sur ses coudes, tournant la tête.

— Veux-tu rester tranquille ? Mirrim lui jeta un regard si autoritaire que Menolly se força à se détendre. Tout ce qu'elle put voir, ce fut ses talons enduits de baume. Et tu as beaucoup, beaucoup de chance qu'il n'y ait pas d'infection. Après tout, tu as couru sans chaussures sur le sable, la saleté et Dieu sait quoi. Ça nous a pris un temps fou pour retirer toutes les saletés. Elle manifesta sa compassion par un sifflement. Heureusement qu'on t'en a administré une bonne dose.

— Tu es sûre qu'il n'y a pas d'infection cette fois ?

— Cette fois ? Cela ne t'est pas déjà arrivé, quand même ? Au ton de sa voix, Mirrim était choquée.

— Non, pas aux pieds. À la main. Et Menolly se tourna sur le côté, tendant sa main blessée vers le haut. Elle fut largement récompensée par l'expression de sympathie qu'exprimait le visage de Mirrim lorsqu'elle examina la blessure.

— Comment diable t'es-tu fait ça ?

— Je vidais un packtail, et le couteau a glissé.

— Tu as eu de la chance d'éviter les tendons.

— D'éviter ?

— Eh bien, tu te sers de ces doigts. Un peu marquée cette cicatrice, tout de même. Mirrim fit claquer sa langue avec une désapprobation toute professionnelle. Pas beaucoup d'estime pour l'infirmerie de ton fort si ceci en est un échantillon.

— La bave de packtail est mauvaise, autant que les brûlures de Fils à sa manière, marmonna Menolly, défendant son fort avec entêtement.

— Ça se peut, et Mirrim donna un dernier tour au bandage du pied, nous veillerons à ce que ce genre d'ennui n'arrive pas à ton pied. Maintenant, je vais t'apporter quelque chose à manger. Tu dois mourir de faim...

En effet, le pire étant passé et le baume apaisant la douleur, Menolly s'aperçut qu'elle avait grand faim.

— Bon, je reviens tout de suite, Menolly, et si tu as besoin de quoi que ce soit, tu n'as qu'à appeler Sanra. Elle est juste en dessous, elle s'occupe des petits, et elle est au courant.

Tout en se régalant du généreux repas que Mirrim

lui avait apporté, Menolly réfléchissait à quelques péni-
bles vérités. Mavi lui avait laissé entendre qu'elle ne
pourrait plus jamais se servir de sa main. Elle était
cependant trop compétente pour ne pas voir que le
couteau était passé à côté des tendons, et c'est délibérément qu'elle avait laissé la guérison s'effectuer dans
de mauvaises conditions. Il était douloureusement
clair que Mavi, comme Yanus, ne voulait pas qu'elle
pût jouer à nouveau. Sombrement, Menolly se jura de
ne jamais retourner au Demi-Cercle.

Ses réflexions l'amenèrent à douter de l'affirmation
de Manora selon laquelle elle pouvait rester à Benden
aussi longtemps qu'elle le désirait. Peu importe, elle
pourrait toujours s'enfuir encore une fois et vivre sans
contraintes. C'est ce qu'elle ferait. Et même parcourir
toute la surface de Pern... et pourquoi pas ? Cette idée
commençait à lui plaire. À la vérité, rien ne l'empê-
chait de courir tout droit à l'atelier du maître harpiste,
au fort. Peut-être Petiron avait-il vraiment envoyé ses
chansons au maître Robinton ? Peut-être avaient-elles
une réelle valeur ? Peut-être... Mais retourner au Demi-
Cercle ! Cela, jamais.

Le problème ne se posa pas durant les quelques jours
qui suivirent. Ses pieds la démangeaient — Mirrim
disait que c'était un signe de guérison — et son incapa-
cité à se déplacer commença à lui peser.

Elle se tourmentait aussi au sujet de ses lézards-de-
feu qu'elle ne pouvait plus aider. Mais la première fois
que Belle réapparut, ses petits yeux scrutant la pièce
pour s'assurer que Menolly était seule, il n'y avait pas
trace de faim dans son comportement et c'est presque
en minaudant qu'elle accepta les morceaux que
Menolly avait soigneusement mis de côté. Rocky et

Plongeur apparurent juste au moment où elle sombrait dans le sommeil. Toutefois, ils se lovèrent rapidement contre son dos pour dormir, ce qu'ils n'auraient pas fait s'ils avaient été affamés.

Ils étaient partis le lendemain matin, mais Belle traînait, frappant à petits coups de tête contre la joue de Menolly jusqu'à ce qu'elle entende des bruits de pas dans le couloir. Menolly la pressa de partir et de rester avec les autres.

— Je sais que c'est lassant de rester au lit, approuva Mirrim le troisième matin avec un soupir las qui fit comprendre à Menolly qu'elle aurait volontiers échangé leurs places, mais cela te tient à l'écart de Lessa. Parce que le... eh bien..., et Mirrim renonça à ce qu'elle était sur le point de dire. Avec Ramoth qui couve ses œufs, nous passons tout notre temps à tasser du sable brûlant jusqu'à l'éclosion ; il vaut donc mieux pour toi être ici.

— Il doit y avoir quelque chose que je pourrais faire, maintenant que je vais mieux. Je suis habile de mes mains... et puis Menolly s'interrompit aussi, hésitante.

— Tu pourrais aider Sanra à s'occuper des petits si tu veux. Tu sais raconter des histoires ?

— Oui, je... et elle faillit laisser échapper ce qu'elle avait fait au fort... je peux au moins les amuser.

Menolly découvrit que les enfants du weyr ne ressemblaient pas à ceux du fort : ils étaient plus actifs physiquement, et faisaient preuve d'une insatiable curiosité pour chaque détail qu'elle voulait bien leur donner sur la pêche et la navigation. La première matinée, ce ne fut qu'après leur avoir appris à fabriquer de minuscules bateaux avec des morceaux de bois et de larges feuilles et à les lancer sur le lac du weyr qu'elle put prendre un moment de repos.

Dans l'après-midi, elle divertit les plus jeunes en leur racontant comment T'gran l'avait secourue. Les Fils n'étaient pas systématiquement terrifiants pour les enfants du weyr comme ils l'étaient pour ceux du fort, et ils furent de loin plus intéressés par sa course et son sauvetage que par ce qu'elle fuyait. Sans s'en rendre compte, elle se laissa entraîner dans un schéma rythmique et se rattrapa de justesse avant de composer une chanson. Heureusement, les enfants ne parurent pas s'en apercevoir et il fut alors temps de peler des racines pour le repas du soir.

Il était difficile de réprimer ce petit air tout en travaillant. En fait il avait exactement la cadence de sa foulée quand elle courait...

— Oh !

— Tu t'es coupée ? s'enquit Sanra assise à l'autre bout de la table.

— Non, répondit Menolly, et elle lui fit un grand sourire qui trahissait sa bonne humeur. Elle venait de prendre conscience de quelque chose de très important. Elle n'était plus au fort désormais. Personne ici n'était au courant de ses activités passées et personne ne devinerait que c'était ses propres chansons qu'elle chantonnait si l'envie lui en prenait. Aussi se mit-elle à fredonner le chant de sa course et fut satisfaite de constater que cet air convenait également au rythme de l'épluchage.

— Cela fait du bien d'entendre quelqu'un d'heureux, remarqua Sanra avec un sourire encourageant.

Menolly se rendit compte que l'atmosphère qui régnait dans la caverne de séjour était tendue. Elle lui rappelait ces périodes où la flotte de pêche était prise dans une tempête et où tout le monde « attendait ». Mirrim se faisait beaucoup de souci au sujet de Brekke, mais ne désirait pas dire pourquoi, et Menolly répugnait à l'idée de forcer sa réserve.

— Je suis heureuse parce que mes pieds guérissent, dit-elle, puis elle ajouta vivement, mais j'aimerais que quelqu'un me dise ce qui ne va pas avec Brekke. Je sais que Mirrim est malade d'inquiétude à son sujet...

Sanra regarda Menolly un moment.

— Tu veux dire, on ne t'a jamais dit... elle baissa la voix et jeta un coup d'œil autour d'elle pour s'assurer qu'on ne les entendrait pas..., à propos des reines ?

— Non. Personne ne dit jamais rien aux filles, au fort.

Sanra parut surprise mais accepta cette explication.

— Eh bien, Brekke était dans le Sud, tu sais ça ? Bien. Et quand F'lar bannit tous les anciens qui s'étaient rebellés, les Méridionaux ont dû aller quelque part. T'bor devint chef d'escadrille à Le Fort, Kylara... et la voix d'ordinaire si douce de Sanra devint dure, Kylara était dame du weyr et montait Prideth avec Brekke et Wirenth... Sanra était très troublée en racontant, et Menolly se réjouit de ne pas l'avoir demandé à Mirrim. Wirenth s'envola pour s'accoupler, mais Kylara... et elle prononça ce nom avec une haine intense, Kylara n'avait pas suffisamment éloigné Prideth. Elle aussi était proche de l'accouplement, et quand Wirenth vola les bronzes, elle s'envola aussi, et...

Il y avait des larmes dans les yeux de Sanra, et elle secoua la tête, incapable de continuer.

— Les deux reines... moururent ?

Sanra acquiesça de la tête.

— Pourtant Brekke est vivante... N'est-ce pas ?

— Kylara est devenue folle, et nous avons affreusement peur qu'il n'arrive la même chose à Brekke... Sanra, ravalant sa tristesse, essuya ses larmes.

— Pauvre Mirrim. Et elle a été si bonne avec moi ! Sanra renifla.

— Mirrim aime à penser qu'elle porte la charge du weyr sur ses épaules.

— Eh bien, j'ai beaucoup de respect pour son courage qui consiste à continuer sa tâche tout en étant malade d'inquiétude au lieu de se terrer dans un coin pour s'apitoyer sur elle-même.

Sanra fixa Menolly.

— Inutile de te hérisser contre moi, ma fille, et si tu continues à agiter ton couteau comme cela, tu vas te couper.

— Est-ce que Brekke va s'en sortir ? demanda Menolly après s'être consacrée exclusivement à ses épluchures pendant quelques minutes.

— Nous l'espérons, mais Sanra ne semblait pas sûre d'elle. Non, c'est vrai. Tu vois, la couvée de Ramoth va éclore, et Lessa est certaine que Brekke pourrait marquer la reine. Tu vois, elle peut parler à n'importe quel dragon, comme Lessa, et Grall et Berd sont toujours avec elle... Voilà Mirrim.

Menolly dut admettre que Mirrim, qui ne totalisait pas plus de cycles qu'elle, se comportait effectivement de manière assez guindée. Elle pouvait comprendre qu'une femme plus âgée comme Sanra pût en être agacée. Mais elle n'avait rien à reprocher à la façon dont Mirrim s'occupait d'elle. Et elle laissa la jeune fille la pousser vers son alcôve pour y changer ses bandages.

— Tu t'es appuyée dessus toute la journée et je veux

être sûre qu'aucune saleté ne s'est fourrée dans les croûtes, dit-elle avec vivacité.

Menolly, obéissante, s'allongea sur le ventre, et tenta de suggérer qu'elle pourrait peut-être changer elle-même ses bandages le lendemain et épargner ainsi un peu de travail à Mirrim.

— Ne sois pas idiote. Tes pieds sont une cause d'ennui, mais pas toi. Tu devrais entendre C'tarel se plaindre. Il s'est fait brûler par les Fils à la dernière chute. On aurait dit qu'il était le seul au monde à qui cela arrivait. De plus, Manora a dit que je devais m'occuper de toi. Tu es facile, tu ne gémis pas, ne grognes pas, ne te plains pas, et ne jures pas comme C'tarel. Voilà, cette guérison est en bonne voie, malgré ce que tu peux en penser. Manora dit que les pieds sont la partie la plus douloureuse du corps, en dehors des mains. C'est pourquoi ça te paraît pire que ça n'est, je pense.

Menolly n'avait rien à ajouter et elle poussa un soupir de soulagement quand la douloureuse séance se termina.

— C'est toi qui as appris aux enfants à faire ces petits bateaux, n'est-ce pas ?

Menolly se retourna, surprise, se demandant si elle avait fait une bêtise, mais Mirrim lui souriait.

— Tu aurais dû voir les dragons les renifler sur le lac. Mirrim gloussa. C'était à mourir de rire. Cela faisait des semaines que je n'avais pas autant ri. Voilà, ça y est !

Et Mirrim partit s'occuper de quelque autre tâche.

Le jour suivant, pour la première fois, Menolly traversa lentement et sans trop souffrir la caverne de séjour et la principale cuisine sous la surveillance de Mirrim.

— Les œufs de Ramoth sont sur le point d'éclore, lui dit Mirrim en la plaçant à l'une des tables de travail au fond de l'immense caverne. Tes mains n'ont rien, et nous aurons besoin de toute l'aide possible pour la fête...

— Et peut-être que Brekke ira mieux ?

— Oh, il le faut, Menolly, il le faut. Mirrim se frotta les mains avec anxiété. Sinon, je ne sais pas ce qu'il va advenir d'elle et de F'nor. Il est si attaché à elle ! Manora se fait autant de souci pour lui que pour Brekke...

— Ça va aller, Mirrim, j'en suis sûre, dit Menolly avec toute la confiance qu'elle pouvait rassembler.

— Oh, tu crois vraiment ? Mirrim abandonna son attitude efficace et énergique et redevint un instant une jeune fille désorientée ayant besoin d'être rassurée.

— Absolument ! La veille, les déclarations peu sympathiques de Sanra irritaient Menolly. Après tout, au moment où je pensais être brûlée à mort, T'gran est apparu. Et quand je pensais qu'ils allaient tous être victimes des Fils...

Menolly ferma hâtivement la bouche, essayant frénétiquement de trouver quelque chose pour combler ce trou. Elle avait presque parlé à Mirrim des lézards-de-feu.

— Ils doivent bien appartenir à quelqu'un, dit un homme d'une voix forte teintée d'une nuance de frustration.

Deux chevaliers-dragons entrèrent dans la caverne-cuisine, faisant claquer leurs gants poussiéreux sur leurs bottes tachées de sable et défaisant leurs ceintures de vol.

— Ils pourraient avoir été attirés par ceux que nous possédons, T'gellan.

— Quand on pense qu'on a tant besoin de ces créatures...

— Dans l'œuf...

— C'est quand même rudement assommant d'avoir cette fichue bande que personne ne réclame !

L'instant d'après, Belle apparut au-dessus de la tête de Menolly, jeta un piaillement terrifié et atterrit sur ses épaules légèrement vêtues. Elle enroula sa queue, en serrant fort, autour du cou de la jeune fille et enfouit sa tête dans ses cheveux. Rocky et Plongeur saisirent le tissu de sa chemise dans leurs serres, luttant pour se cacher dans ses bras. L'air était rempli de lézards-de-feu, plongeant sur elle ; et Mirrim, qui ne faisait aucun geste pour se protéger, regardait Menolly, bouche bée, totalement stupéfaite.

— Mirrim ? Finalement, c'est à toi qu'ils appartiennent ? cria T'gellan tout en avançant vers leur table à grandes enjambées.

— Non, ils ne sont pas à moi. Mirrim désigna Menolly. Ils sont à elle.

Menolly était sans voix, mais s'arrangea pour retenir Rocky et Plongeur. Les autres trouvèrent refuge sur des saillies au-dessus d'elle, extériorisant leur peur et leurs hésitations. Elle était tout aussi désorientée que les lézards-de-feu : en effet, que faisaient-ils au weyr ? Le weyr semblait être au courant au sujet des lézards-de-feu, et...

— Nous allons bientôt savoir à qui ils appartiennent,

188

dit une voix de femme en colère, parfaitement claire dans le silence qui régnait.

Une femme petite et mince en tenue de vol pénétra dans la pièce à grandes enjambées, se dirigeant d'un air décidé vers la partie principale de la caverne-cuisine.

— J'ai demandé à Ramoth de leur parler...

Elle était suivie par une autre chevalier.

— Par ici, Lessa, dit T'gellan, lui faisant signe de la tête, mais sans quitter Menolly des yeux.

À ce nom, elle se leva précipitamment, entourée des piaillements des lézards qui essayaient de conserver leur équilibre. La seule chose qui lui vint à l'esprit fut de s'écarter du chemin de Lessa, mais elle s'empêtra dans les chaises autour de la table et se cogna douloureusement les orteils. Mirrim lui saisit le bras, essayant de la faire asseoir, et il parut y avoir plus de lézards décrivant des cercles au-dessus de sa tête en pépiant furieusement que Menolly ne pouvait en revendiquer.

— Est-ce que quelqu'un va calmer tout ce monde ? demanda la petite femme brune, face à Menolly, les poings sur sa ceinture de vol, les yeux brillant de colère. Ramoth ! si tu voulais bien...

D'un seul coup, le silence revint dans l'immense caverne. Menolly sentit Belle trembler plus violemment que jamais contre son cou et les talons des deux bronzes s'enfoncèrent dans ses bras et ses côtés.

— C'est mieux, dit Lessa, la fixant du regard. Qui es-tu ? Ils sont tous à toi ?

— Mon nom est Menolly, répondit-elle en jetant un regard anxieux vers tous les lézards-de-feu perchés en silence, les yeux tourbillonnant, sur les rebords de la salle ou pendus au plafond. Ils ne sont pas tous à moi.

— Menolly ? Une partie de la colère de Lessa se mua en perplexité. Menolly ? Elle essayait d'identifier ce nom.

— Manora vous en a parlé, Lessa T'gran l'a sauvée de la chute de Fils. Elle s'est lacéré les pieds à force de courir, dit Mirrim.

Menolly, qui la trouva très audacieuse, lui fut reconnaissante d'avoir pris la parole.

— Ah oui. D'accord. Menolly, combien de lézards-de-feu sont vraiment à toi ?

Menolly essayait de deviner si Lessa était contrariée ou satisfaite, et si elle serait renvoyée au Demi-Cercle dans le cas où elle aurait trop de lézards. Elle sentit Mirrim lui donner un coup de coude dans les côtes.

— Ceux-ci, Menolly indiqua les trois qui s'accrochaient à elle, et seulement six de ceux qui sont là-haut.

Seulement six ?

Menolly vit les doigts de Lessa qui tambourinaient sur sa large ceinture de vol ; elle entendit l'un des chevaliers-dragons étouffer une exclamation, et, en levant les yeux, elle vit qu'il avait placé sa main sur sa bouche. Mais le rire faisait pétiller ses yeux. Puis elle osa regarder Lessa en face et elle vit un léger sourire sur le visage de la dame du weyr.

— Cela en fait neuf, me semble-t-il, dit Lessa. Comment donc t'es-tu arrangé pour marquer neuf lézards-de-feu, Menolly ?

— Je ne me suis pas arrangée. J'étais dans la caverne au moment de l'éclosion, et ils avaient faim, vous voyez. J'avais un sac plein d'araignées-soldats, alors je les ai nourris...

— Une caverne ? Où ça ? Le ton de Lessa étaient tendu mais aimable.

— Sur la côte. Au-dessus de Nerat, près des roches du Dragon.

T'gellan s'exclama.

— Tu vivais dans cette caverne ? J'ai trouvé des pots et des jarres... mais pas trace de coquilles de lézards-de-feu ?

— Je ne savais pas que les lézards naissaient dans les cavernes, remarqua Lessa.

— C'est seulement parce que la marée était haute et que la couvée aurait été emportée. J'ai aidé la reine à les mettre dans cette grotte.

Lessa regarda Menolly fixement pendant un long moment.

— Tu as aidé les lézards-de-feu ?

— Oui, vous voyez, j'étais tombée de la falaise, et ils — la reine et ses bronzes, de l'ancienne couvée, pas ceux qui sont ici : Belle, Rocky et Plongeur —, ils m'ont empêchée de quitter la plage avant de les avoir aidés.

T'gellan la regardait, stupéfait, mais les deux autres chevaliers affichaient de larges sourires. Puis Menolly vit que Mirrim aussi souriait, ravie.

Encore plus incroyable pour Menolly qui ne savait plus où elle en était, un lézard brun était perché sur l'épaule de Mirrim, et son regard était intensément braqué sur Belle qui ne voulait pas sortir la tête des cheveux de la jeune fille.

— J'aimerais bien entendre toute l'histoire un jour, dans l'ordre, dit Lessa. Pour l'instant, tu voudrais bien

garder cette troupe avec toi, sous ton contrôle ? Ils
énervent Ramoth et tous les autres. Neuf, hein ? Et
Lessa soupira, se détournant. Quand je pense à ce
qu'on pourrait faire de neuf œufs...

— Je vous demande pardon... vous avez besoin de
plus d'œufs de lézards-de-feu ?

Lessa fit volte-face si vite que Menolly recula involontairement d'un pas.

— Évidemment nous avons besoin d'œufs de
lézards ! Où étais-tu donc passée pour l'ignorer ? Elle
se tourna vers T'gellan. Tu es chef d'escadrille. Tu n'as
pas prévenu tous les forts de mer ?

— Si, je l'ai fait, Lessa, et T'gellan regarda alors
directement Menolly, précisément au moment où
Menolly a disparu de son fort. N'est-ce-pas, Menolly ?
Depuis ce moment, les chevaliers de patrouille ont toujours regardé s'ils la voyaient, mais elle était confortablement enterrée dans sa grotte, avec neuf lézards-de-
feu.

Menolly baissa la tête, désespérée.

— Je vous en prie, Dame du Weyr, ne me renvoyez
pas au fort du Demi-Cercle !

— Une fille qui peut marquer neuf lézards-de-feu,
dit Lessa sur un ton qui lui fit lever la tête, n'a pas sa
place dans un fort de mer. T'gellan, demande à
Menolly où se trouve cette couvée et mets-la en sécurité immédiatement. Espérons que l'éclosion n'a pas
encore eu lieu.

À l'immense soulagement de Menolly, Lessa lui souriait vraiment, manifestement de bien meilleure
humeur.

— N'oublie pas de tenir ces fichues créatures à

l'écart de Ramoth. Mirrim peut t'aider à les dresser. Les siens se rendent très utiles maintenant.

Elle sortit sans bruit, laissant la caverne tout entière sans voix. L'activité reprit soudain un peu partout dans la cuisine. Menolly sentit Mirrim la pousser sur une chaise ; elle s'effondra mollement. Elle se retrouva avec une tasse de klah dans les mains et entendit T'gellan l'encourager à en prendre quelques gorgées.

— La première rencontre avec Lessa peut être déconcertante.

— Elle est... si petite, dit Menolly, hébétée.

— Ça n'a rien à voir avec sa taille.

Menolly se retourna anxieusement vers Mirrim.

— C'était vraiment ce qu'elle a voulu dire ? Je peux rester, Mirrim ?

— Si tu peux marquer neuf lézards-de-feu, ta place est ici. Mais pourquoi ne m'en as-tu pas parlé ? Tu n'as pas vu les miens ? Je n'en ai que trois...

T'gellan fit claquer sa langue, indiquant à Mirrim de tenir la sienne.

— J'ai dit aux miens de rester dans la caverne...

— Et ici on s'est creusé la cervelle, continua Mirrim, et on a accusé les chevaliers de cacher des œufs...

— Je ne savais pas que vous aviez besoin d'œufs de lézards-de-feu...

— Mirrim, cesse de la taquiner ; elle ne sait plus où elle en est. Menolly, bois ton klah et détends-toi, lui dit T'gellan.

Menolly obéit et sirota son klah, mais elle se sentit obligée d'expliquer que les garçons du fort ne pensaient qu'à piéger les lézards-de-feu. Elle avait l'impression d'avoir commis une erreur en ne mentionnant pas qu'elle avait été témoin d'un accouplement.

— Compte tenu des circonstances, tu as fait ce que tu devais faire, Menolly, dit T'gellan. Mais allons voir cette couvée et mettons-la à l'abri. Où l'as-tu vue ? À quel point penses-tu qu'elle était proche de l'éclosion ?

— Les œufs étaient encore assez mous quand je les ai trouvés le jour où T'gran m'a sauvée. Et c'est à environ une demi-matinée de marche des roches du Dragon.

— Quelques minutes de vol ; mais où, au nord ? Au sud ?

— Eh bien, au sud, à l'endroit où un cours d'eau se jette dans la mer.

T'gellan leva les yeux, exaspéré.

— Cela correspond à trop d'endroits. Il vaut mieux que tu viennes avec moi.

— T'gellan, Mirrim parut choquée. Les pieds de Menolly sont en lambeaux...

— Tout comme la patience de Lessa. Nous allons les envelopper de cuir, mais il nous faut ces œufs. Et tu ne commandes pas encore, ma fille, dit T'gellan, pointant un doigt sur Mirrim.

Il ne fallut pas longtemps pour équiper Menolly Mirrim, comme pour faire oublier son excès de zèle, apporta sa propre tenue de vol en cuir et une paire de bottes trop grandes. Elles furent enfilées par-dessus les pieds douloureux et bandés de Menolly et serrées autour de ses jambes par des lanières de cuir.

On rassura Rocky et Plongeur grâce à quelques bons morceaux de viande, mais Belle refusa de relâcher l'étreinte de sa queue autour du cou de Menolly. Elle caqueta furieusement à l'adresse de T'gellan lorsqu'il porta à moitié Menolly jusqu'à Monarth, qui attendait patiemment à la sortie de la caverne-cuisine.

T'gellan propulsa Menolly sur les épaules du dragon. Elle se hissa elle-même sur sa nuque en s'aidant du harnais de combat, heurtant douloureusement une ou deux fois ses pieds.

T'gellan commença à s'installer devant Menolly, mais Belle s'agita, sifflant de manière menaçante et donnant de grands coups de patte au chevalier-dragon, toutes serres dehors.

— Elle ne s'est jamais aussi mal conduite, dit Menolly en s'excusant.

— Monarth, tu veux lui parler ? demanda T'gellan sur le ton de la bonne humeur.

L'instant d'après, Belle s'interrompit en plein sifflement, lança un pépiement interrogateur, les yeux tourbillonnant moins frénétiquement, et sa queue relâcha son emprise sur la gorge de Menolly.

— C'est nettement mieux. Elle fait vraiment un sale œil !

— Oh mon Dieu !

— Je te taquine, Menolly. Maintenant écoute, Monarth va dire à ta bande de lézards exactement ce que nous allons faire de manière à ce qu'ils ne s'excitent pas comme des fous quand nous allons décoller.

— Vraiment ?

— Vraiment, et d'ailleurs... T'gellan fit une pause, c'est fait. Nous sommes partis !

Cette fois, Menolly put apprécier le vol et s'étonna que Petiron ait trouvé l'expérience si horrible. Elle n'eut même pas peur de l'absence de sensations lorsqu'ils passèrent dans l'Interstice. Elle sentit bien le

terrible froid dans la plante de ses pieds à demi guéris
mais la douleur ne dura qu'une seconde. Soudain, ils
furent plus bas que les roches du Dragon. Ils venaient
de la mer. La fabuleuse sensation du vol lui coupa le
souffle.

— Il y a une chance pour que la première reine
laisse une autre couvée dans cette caverne, dit T'gellan
par-dessus son épaule. Il faudrait enlever tes affaires.

Ils atterrirent donc sur la plage, Monarth scrutant
avec désapprobation la petite crique tandis que l'eau
venait doucement lécher ses pattes.

Le groupe de Menolly arriva, chantant gaiement sa
joie sauvage d'être de retour chez lui. Un lézard solitaire apparut au-dessus d'eux, sur le côté.

— Regardez, T'gellan, c'est la vieille reine !

Mais quand T'gellan leva les yeux, elle avait disparu.

— C'est ennuyeux qu'elle nous ait vus ici. J'espé-
rais... Où était la couvée lorsque tu l'as sauvée ?

— Nous sommes dessus.

Monarth se déplaça sur le côté.

— Est-ce qu'il entend ce que je vous dis ? murmura
Menolly, inquiète, à l'oreille de T'gellan.

— Oui, aussi sois prudente quand tu parles de lui. Il
est très sensible.

— Je n'ai rien dit qui puisse le froisser, n'est-ce
pas ?

— Menolly ! T'gellan se retourna vers elle avec un
large sourire, je te taquinais.

— Oh !

— Hmmm. Oui. Bien. Alors tu t'es débrouillée pour
escalader cette falaise ?

— Ce n'était pas si dur. Si vous y faites attention

vous verrez qu'il y a plein de prises pour les mains et les pieds, même avant que je ne fasse un sentier.

— Un sentier ? Hmmm. Oui. Monarth, peux-tu nous amener un peu plus près, s'il te plaît ?

Monarth s'approcha obligeamment et se dressa sur son arrière-train ; Menolly fut stupéfaite de constater qu'ils pouvaient accéder directement à la caverne en descendant de ses épaules.

Les neuf qui lui appartenaient plongèrent par l'ouverture avec de grands cris amplifiés par la haute voûte de la caverne. Au moment où elle y pénétrait avec T'gellan, la lumière fut occultée. Se retournant, elle vit la tête de Monarth dans l'ouverture, ses grands yeux tournoyant paresseusement.

— Monarth, retire ta fichue grosse tête de la lumière, tu veux ? demanda T'gellan.

Monarth cligna des yeux, poussa un petit grognement de regret, mais retira sa tête massive.

— Pourquoi personne ne t'a découvert pendant la quête, jeune fille ? demanda T'gellan, et elle vit qu'il l'observait attentivement.

— Personne n'est jamais venu en quête au fort du Demi-Cercle.

— Je n'en suis pas autrement surpris. Alors, où était la couvée de la vieille reine ?

— Exactement sous vos pieds.

T'gellan fit un bond de côté, lui jetant un regard d'avertissement qu'elle ne comprit pas. Il s'agenouilla, passa ses doigts dans le sable avec des bruits de gorge satisfaits.

— Tu as jeté les anciennes coquilles ?

— Oui, j'ai eu tort ?

— Je ne pense pas.

— Elle va revenir ?

— C'est possible. Si les eaux de la crique restent hautes à son prochain accouplement. Est-ce que par hasard tu te rappellerais quand tu as vu son vol nuptial ?

— Oui, je m'en souviens. Parce que nous avons eu une chute de Fils juste après. Celle où le front est allé jusqu'à mi-chemin des marais de Nerat.

— Brave fille ! T'gellan redressa la tête, serrant les lèvres, et Menolly pensa qu'il se livrait à quelques rapides calculs mentaux. Alemi avait la même habitude lorsqu'il préparait une sortie en mer.

— Oui. Et quand a eu lieu l'éclosion.

— J'ai perdu le compte de mes huitaines, mais ils sont nés il y a cinq chutes.

— Parfait. Elle pourrait s'accoupler avant le plein été, si les lézards suivent le même cycle que les dragons au cours d'une saison. Il jeta un coup d'œil autour de lui sur les objets qu'elle avait fabriqués pour rendre la grotte habitable. Tu veux ramener l'un de ces objets ?

— Quelques-uns.

Elle se pencha pour ramasser son tapis de sol. Sa flûte de Pan était toujours là, il ne l'avait donc pas vue lors de son premier passage. Elle emballa la flûte avec le tapis.

— Mon huile... dit-elle, ramassant le pot. J'en aurai besoin.

— Pas vraiment, dit T'gellan avec un sourire, mais emporte-la. Ce genre de choses intéresse toujours Manora.

Elle prit aussi les herbes séchées et fit un paquet bien net qu'elle pouvait s'accrocher dans le dos. Elle commença alors à jeter impitoyablement la poterie qu'elle avait fabriquée par l'ouverture de la caverne.

— Oh ! Atterrée, elle se rua vers l'entrée, cherchant Monarth.

— Tu l'as manqué ! Il n'est pas assez idiot pour rester dans les parages quand il y a du nettoyage dans l'air.

Là-dessus T'gellan lança sa bouilloire.

— Il me semble que c'est tout, dit-elle.

— Allons-y !

À l'entrée, Menolly se retourna pour un dernier regard à la caverne et se sourit à elle-même ; elle n'avait jamais pensé la quitter, en tout cas pas sur l'épaule d'un dragon. Mais, après tout, elle n'avait jamais envisagé auparavant de vivre dans une caverne comme celle-ci, encore moins de chevaucher un dragon. Plus rien désormais n'indiquait que quelqu'un y avait trouvé refuge. Jusqu'au sable sec qui s'écoulait dans les dépressions qu'avaient creusées leurs pieds. T'gellan tendit la main pour l'aider à monter sur le dos de Monarth et ils partirent à la recherche de la couvée de lézards-de-feu.

CHAPITRE ONZE

> La petite reine, toute dorée,
> Volait en sifflant contre les flots,
> Pour les contenir,
> Pour les repousser
> Elle volait avec courage.

Menolly et T'gellan ramenèrent à Benden, dans un sac doublé de fourrure destiné à les protéger pendant le voyage dans l'Interstice, les trente et un œufs de la couvée sans qu'un seul d'entre eux ne fût endommagé. Leur retour provoqua une flambée d'excitation, toute la population du weyr se pressant pour examiner les œufs. Prévenue, Lessa ordonna qu'on aille chercher un panier rempli de sable chaud dans la salle d'Éclosion ; elle indiqua qu'il devait être placé près de l'âtre qui servait à chauffer les casseroles et scrupuleusement tourné à intervalles réguliers de manière à répartir uniformément la chaleur. Elle jugea que les œufs étaient à une bonne huitaine de la dureté requise pour l'éclosion.

— C'est aussi bien, dit-elle sèchement, comme à son habitude. Une éclosion à la fois suffit. Mieux, nous pourrons présenter ceux qui s'en sont révélés dignes à leurs œufs lors du marquage. Elle parut plus satisfaite qu'à l'ordinaire par cette solution et elle adressa un sourire à Menolly. Manora a dit que tes pieds n'étaient pas encore guéris, tu seras donc responsable de cette couvée. Et, Fenela, retire ces bottes ridicules à cette enfant et donne-lui des vêtements convenables. Tu as certainement quelque chose en réserve qui lui donnera un air un peu moins miteux.

Lessa s'en alla, faisant de Menolly l'objet d'une intense curiosité. Felena, grande femme élancée aux très beaux sourcils noirs et arqués et des yeux verts, lui lança un long regard appréciateur, envoya un de ses aides chercher des vêtements dans une armoire spéciale, un autre quérir le tanneur pour prendre sa pointure, et un enfant chercher une paire de ciseaux car les cheveux de Menolly avaient besoin d'être taillés. Qui les avait coupés ? On avait dû utiliser un couteau. D'aussi jolis cheveux. Menolly avait-elle faim ? T'gellan l'avait arrachée à la caverne sans lui demander son avis.

— Apportez cette chaise ici et poussez-moi cette petite table ! Ne restez pas là la bouche ouverte, amenez quelque chose à manger à cette jeune fille !

— Combien de cycles as-tu ? lui demanda Felena après cette longue série d'ordres.

— Quinze, répondit Menolly, sidérée et faisant de gros efforts pour ne pas pleurer.

Sa gorge lui faisait mal et sa poitrine se serrait, elle ne pouvait croire à ce qui lui arrivait : des gens qui se préoccupaient de son apparence ou de sa tenue ! Et surtout, Lessa lui avait souri parce qu'elle était satisfaite de cette couvée. Et il semblait qu'elle n'avait plus de souci à se faire sur son renvoi au Demi-Cercle. Pas si le weyr lui commandait des chaussures et lui donnait des vêtements...

— Quinze ? Eh bien, tu n'as plus vraiment besoin d'être adoptée, n'est-ce pas ? Felena paraissait déçue. Nous allons voir ce que Manora a en tête pour toi. J'aimerais bien t'avoir près de moi.

Menolly éclata en sanglots. Ce qui provoqua encore plus de confusion parce que ses lézards-de-feu commencèrent à piquer dangereusement près des visages de ceux qui l'entouraient. Belle frappa Felena, qui ne cherchait qu'à réconforter sa maîtresse.

— Mettons un peu d'ordre ici, dit une voix autoritaire.

Chacun, à l'exception des lézards, obéit immédiatement, et on laissa passer Manora.

— Et toi aussi, calme-toi maintenant, dit-elle à Belle qui piaillait toujours. Allez, et elle fit signe aux autres, allez vous asseoir tranquillement dans un coin. Alors, pourquoi Menolly pleure-t-elle ?

— Elle vient juste d'éclater en sanglots, Manora, dit Felena, aussi perplexe que tous les autres.

— Je suis heureuse, heureuse, heureuse, réussit à balbutier Menolly, avec un sanglot entre chaque mot.

— Bien sûr que tu l'es, dit Manora, compréhensive, et elle fit un geste vers l'une des femmes. Cette journée a été très riche en émotions et très fatigante. Maintenant, tu n'as qu'à boire ceci. Une femme lui tendait une tasse. Allez, tout le monde va retourner à ses devoirs et te laisser reprendre ton souffle. Là, c'est mieux.

Menolly obéit et avala le breuvage à petites lampées. Ce n'était pas du jus de fellis, mais quelque chose d'un peu plus amer. Manora l'encouragea à tout boire et, petit à petit, elle sentit sa poitrine s'alléger, sa gorge lui faire moins mal et elle commença à se détendre. Elle leva les yeux pour voir que seule Manora restait à la petite table, les mains posées sereinement sur les genoux, entourée d'une aura de calme et de patience très apaisante.

— Tu as repris tes esprits ? Maintenant tu restes tranquillement assise et tu manges. Nous n'acceptons pas beaucoup de nouveaux ici, c'est la raison de tout ce tapage. Il est trop tôt pour faire quoi que ce soit. Combien d'œufs de lézards-de-feu avez-vous trouvés dans cette couvée ?

Menolly s'aperçut qu'il était facile de parler à Manora, et bientôt elle lui montra son huile et lui expliqua comment elle l'avait faite.

— Je pense que tu t'en es magnifiquement tirée avec tes propres moyens, Menolly, mieux que je ne m'y serais attendue de la part de quelqu'un qui a été formé par Mavi.

Le bien-être de Menolly s'évanouit à la mention du nom de sa mère. Involontairement, elle ferma la main gauche, avec une telle force qu'elle sentit les tissus autour de la cicatrice s'étirer douloureusement.

— Tu ne veux pas que j'envoie un message au Demi-Cercle ? demanda Manora. Pour leur dire que tu es ici saine et sauve ?

— Non, s'il vous plaît ! Je ne leur suis d'aucune utilité. Elle leva sa main balafrée. Et... Elle s'interrompit sur le point d'ajouter qu'on la considérait là-bas comme un déshonneur. Il semble qu'ici j'en ai une, dit-elle rapidement, désignant le panier d'œufs de lézards-de-feu.

— C'est vrai, Menolly, tu en as une. Manora se leva.

Maintenant mange ta viande, et nous en reparlerons plus tard.

Quand elle eut achevé son repas, Menolly se sentit beaucoup mieux. Elle était heureuse de s'asseoir près de l'âtre à observer les activités des autres. Au bout d'un petit moment, Felena revint avec des ciseaux et lui coupa les cheveux. Puis quelqu'un surveilla les œufs tandis que Menolly enfilait les premiers vêtements neufs qu'elle eut jamais portés, étant la plus jeune d'une grande famille. Le tanneur vint, et non seulement il prit sa pointure pour lui confectionner des bottes mais, le soir venu, il lui avait fabriqué de souples chaussons de peau qui s'adaptaient parfaitement à ses pieds bandés.

Son apparence s'était tellement modifiée que Mirrim, passant devant sa table juste avant le repas du soir, faillit ne pas la reconnaître. Menolly craignait que Mirrim ne l'évite délibérément parce qu'elle avait marqué neuf lézards, mais il n'y avait aucune gêne dans le comportement de la jeune fille. Se laissant tomber dans une chaise de l'autre côté de la table, elle loua la coupe de cheveux, les habits et les chaussons.

— On m'a tout dit à propos de la couvée, mais j'ai été si occupée, en bas, en haut, dehors à courir faire des courses pour Manora que je n'ai tout simplement pas eu un instant.

Menolly réprima un sourire. Mirrim s'exprimait exactement comme Felena.

— Tu sais, tu es tellement plus jolie dans ces vêtements corrects que je ne t'avais pas reconnue ! Maintenant, si seulement on arrivait à te faire sourire de temps en temps..., lui dit-elle en penchant la tête vers elle.

À ce moment un petit lézard brun plana et atterrit sur l'épaule de Mirrim, se blottissant affectueusement dans son cou et scrutant Menolly depuis le dessous de son menton.

— Il est à toi ?

— Oui, c'est Tolly, et j'ai deux verts, Reppa et Lok. Et j'en ai largement assez de trois. Comment as-tu réussi à en nourrir neuf ? Ils réclament à manger sans arrêt !

La gêne qui pouvait subsister entre Menolly et son amie disparut lorsqu'elle lui raconta comment elle avait dû se débrouiller avec sa bande de lézards-de-feu.

Le repas du soir fut alors prêt, et Mirrim, ignorant les protestations de Menolly qui se sentait capable d'aller chercher elle-même ses plats, les servit toutes deux. T'gellan se joignit à elles et, au grand étonnement de Menolly, parvint à amadouer Belle et à lui faire accepter la nourriture qu'il lui présentait sur son couteau.

— Ne sois pas surprise, lui dit Mirrim avec une petite pointe de condescendance. Ces tubes digestifs affamés accepteraient à manger de n'importe qui. Mais cela ne signifie pas qu'ils accorderaient leur attention à toute personne qui leur donnerait à manger. En outre, avec neuf...

Elle roula des yeux de manière si expressive que T'gellan gloussa.

— Elle est jalouse, voilà la vérité, Menolly, dit-il.

— Non. Trois, c'est bien assez, quoique... J'aurais aimé avoir une reine. Voyons si Belle viendrait à moi. Grall le fait.

Mirrim s'appliqua à cajoler Belle afin qu'elle accepte un morceau de viande tandis que T'gellan la taquinait, assez peu sportivement, pensa Menolly ; mais Mirrim lui retourna ses railleries accompagnées de quelques remarques acides de son cru sur un ton que Menolly n'aurait jamais osé employer à l'égard d'un homme plus âgé qu'elle, encore moins d'un chevalier-dragon.

Elle était très fatiguée, mais il était si agréable de rester assise dans l'immense caverne-cuisine à écouter T'gellan, à regarder Mirrim séduire Belle, bien que ce fût finalement Paresseux qui accepta à manger de sa main. Il y avait d'autres petits groupes qui s'attardaient en bavardant, les femmes et les chevaliers-dragons en couples. Menolly nota que des outres de vin circulaient. Elle fut surprise car, au fort, on ne servait du vin qu'en des occasions très particulières. T'gellan envoya un des garçons du weyr lui chercher des coupes et une outre et insista pour qu'elle prenne une coupe ainsi que Mirrim.

— On ne peut refuser du bon vin de Benden, dit-il en remplissant son verre. Alors, n'est-ce pas le meilleur que tu aies jamais goûté ?

Menolly négligea de mentionner que, à l'exception d'un peu de vin allongé de jus de fellis, c'était le premier qu'elle buvait. Les règles de vie étaient à l'évidence différentes au weyr.

Lorsque le harpiste du weyr commença à jouer doucement, davantage pour son plaisir que pour distraire quelqu'un, Menolly ne put empêcher ses doigts de marquer le rythme. C'était une chanson qu'elle aimait, quoiqu'elle en trouvât les couplets plutôt stupides, et c'est la raison pour laquelle elle se mit à fredonner sa propre interprétation lorsqu'elle était en harmonie avec celle du harpiste. Elle ne se rendit compte de ce qu'elle faisait que lorsque Mirrim leva les yeux en souriant.

— C'était très joli, Menolly. Oharan ? Viens par ici ; Menolly connaît une autre interprétation de cette chanson.

— Non, non, je ne pourrai pas.

— Pourquoi pas ? demanda T'gellan, et il versa un peu plus de vin dans son verre. Un peu de musique nous réchauffera le cœur. Il y a ici des visages aussi longs qu'un cycle sans soleil.

Timidement au début, à cause de l'ancienne interdiction qui lui avait été faite de chanter en public, Menolly joignit sa voix à celle du baryton harpiste Oharan.

— Oui, j'aime bien cela, Menolly. Tu as le sens de la musique, dit Oharan d'un ton si approbateur qu'elle s'inquiéta à nouveau.

Si Yanus savait qu'elle chantait au weyr... Mais Yanus n'était pas ici, et il ne le saurait jamais.

— Voyons, peux-tu faire la même chose avec celle-ci ? Et Oharan entonna une très ancienne ballade, l'une de celles sur lesquelles elle avait toujours chanté en contre-chant sur la mélodie de Petiron.

Puis, d'autres voix se joignirent aux leurs en fredonnant, doucement mais juste. Mirrim regarda autour d'elle, jeta un coup d'œil méfiant à T'gellan, et désigna Belle.

— Elle fredonne dans le ton. Menolly, comment lui as-tu enseigné à faire cela ? Et les autres... il y en a d'autres qui chantent ! Mirrim écarquillait les yeux de stupéfaction.

Oharan continua à jouer, faisant signe à Mirrim de se taire afin qu'ils puissent écouter les lézards-de-feu tandis que T'gellan tendait le cou et dressait l'oreille, d'abord vers Belle, puis vers Rocky, Plongeur et Chocolat qui étaient près de lui.

— Je n'arrive pas à y croire ! dit-il.

— Ne leur faites pas peur ! Laissez-les faire, dit Oharan à voix basse tout en modifiant ses accords pour passer à un autre couplet.

Ils finirent la chanson, Menolly fidèlement accompagnée par tous les lézards-de-feu. Mirrim demanda alors comment diable Menolly avait amené ses lézards à chanter avec elle.

— J'avais l'habitude de jouer et de chanter pour eux dans la caverne, tu sais, juste pour nous tenir compagnie. Juste des petits trucs.

— Juste des petits trucs ! J'ai les trois miens depuis beaucoup plus longtemps, et je ne me suis même jamais aperçue qu'ils aimaient la musique !

— Cela ne fait que montrer que tu as encore des choses à apprendre, jeune Mirrim, non ? la taquina T'gellan.

— Ça, ce n'est pas juste, intercéda Menolly. Puis elle eut un hoquet. Et un autre, ce qui l'embarrassa beaucoup.

— Quelle quantité de vin lui avez-vous donné, T'gellan ? demanda Mirrim fronçant les sourcils à l'adresse du chevalier-dragon.

— Certainement pas assez pour la soûler.

Menolly eut un autre hoquet.

— Apportez-lui de l'eau !

— Retiens ta respiration, suggéra Oharan.

T'gellan apporta de l'eau et, à petites gorgées, Menolly réussit à faire passer son hoquet. Elle continua à affirmer que ce n'était pas l'effet du vin, mais qu'elle était très fatiguée. Si quelqu'un voulait surveiller ses œufs... il était si tard... T'gellan et Oharan lui apportèrent leur aide pour la ramener à sa chambre, tandis que Mirrim leur reprochait d'être de gros imbéciles n'ayant pas une once de bon sens à eux deux.

Menolly fut très heureuse de s'étendre et de laisser Mirrim la déshabiller. Elle s'endormit avant que les lézards se soient installés autour d'elle pour la nuit.

CHAPITRE DOUZE

> Homme-dragon, Ô Homme-dragon,
> Entre toi et tien,
> Partage avec moi cet amour entr'aperçu
> Qui dépasse le mien.

Mirrim réveilla Menolly de bonne heure le matin suivant, faisant taire avec impatience les lézards qui sifflaient devant la rude manière dont elle secouait leur maîtresse.

— Menolly, réveille-toi. Nous avons besoin de tout le monde à la cuisine. Les œufs vont éclore aujourd'hui et la moitié de Perne est invitée. Tourne-toi. Manora va venir examiner tes pieds.

— Aie ! tu es trop brutale !

— Dis à Belle... Ouïe... Je ne lui fais pas mal. Belle ! Conduis-toi bien ou je le dis à Ramoth !

À la surprise de Menolly, Belle cessa de piquer sur Mirrim et battit en retraite dans le coin le plus éloigné de la chambre.

— Tu me faisais mal, dit Menolly, encore trop endormie pour faire preuve de tact.

— Bon, j'ai dit que je m'excusais. Hmmm. Tes pieds ont l'air d'aller beaucoup mieux.

— Nous n'utiliserons pas de bandages aussi épais aujourd'hui, dit Manora qui entrait. Les chaussons offrent une protection suffisante.

Menolly tourna la tête quand elle sentit les douces mains de Manora examiner ses pieds l'un après l'autre.

— Oui, des bandages plus légers aujourd'hui, Mirrim, et du baume. Ce soir, pas de bandages du tout. Les blessures doivent aussi être laissées à l'air libre, tu sais. Mais tu as fait du bon travail. Les œufs de lézards-de-feu se portent bien ce matin, Menolly.

Sur ce, elle partit, et Mirrim finit rapidement de s'occuper des pieds de Menolly. Lorsqu'elle eut terminé et que la jeune fille se redressa pour enfiler ses vêtements, ses doigts s'attardant dans les doux plis de sa chemise, Mirrim s'effondra sur le lit avec un espoir exagéré.

— Qu'est-ce qui t'arrive ?

— Je vais prendre autant de repos que possible dès que je pourrais, répondit Mirrim. Tu ne sais pas à quoi ressemble une éclosion, avec tous ces gens des forts et des ateliers qui piétinent tout dans le weyr, fourrant leur nez partout où ils ne sont pas censés être, se faisant peur ou faisant peur aux dragons et aux enfants du weyr et de la salle d'Éclosion ! Et la façon dont ils mangent ! Mirrim fit rouler ses yeux de manière expressive. On dirait qu'ils n'ont jamais vu de nourriture et... Mirrim tomba en travers du lit et se mit à sangloter.

— Mirrim, que se passe-t-il ? Oh, c'est Brekke ? Elle ne va pas bien ? Je veux dire, elle ne va pas marquer à nouveau ? Sanra m'a dit que c'est ce que Lessa espérait...

Menolly se pencha pour réconforter son amie, bouleversée par ces sanglots qui lui brisaient le cœur. Les paroles de Mirrim étaient hachées par les pleurs, mais Menolly parvint à comprendre qu'elle ne voulait pas que sa mère adoptive marque à nouveau pour une obscure raison. Brekke ne voulait plus vivre, et il fallait bien trouver un moyen. Avoir perdu son dragon, c'était comme si elle avait perdu la moitié d'elle-même, et cela n'avait pas été sa faute. Elle était si douce et sensible, elle aimait F'nor, et cela aussi, semblait-il, constituait une imprudence.

Menolly laissa Mirrim pleurer, sachant combien cela pouvait soulager parfois, en espérant au plus profond de son cœur que Mirrim aussi pleurerait de bonheur avant la fin de cette journée. Ce ne serait que justice. Elle lui pardonna toutes ses petites poses et les airs qu'elle se donnait, consciente que c'était là sa façon de cacher son angoisse et une peine profonde.

On entendit le rideau de l'alcôve cliqueter, le vacarme d'une querelle entre lézards-de-feu, et puis le Tolly de Mirrim se faufila sous le rideau, les yeux tourbillonnant d'indignation et d'inquiétude. Il vit Menolly caresser les cheveux de Mirrim et, déployant les ailes, il se prépara à se lancer sur elle quand Belle gazouilla vivement depuis son coin. Tolly battit des ailes, mais quand il sauta sur le lit, il atterrit doucement sur le bord et y demeura, posant d'abord les yeux sur Mirrim, puis sur Menolly. Un moment plus tard, deux verts entrèrent. Ils s'installèrent sur le tabouret, attentifs mais discrets. Belle, dans son coin, les surveillait.

— Mirrim ? Mirrim ? Sanra arrivait de la caverne-séjour. Mirrim, tu n'as pas encore fini avec les pieds de Menolly ? Nous avons tous besoin de vous ! Et dès maintenant !

Alors que Menolly se redressait, obéissante, Mirrim lui saisit la main et la serra. Puis elle se leva, remit de l'ordre dans sa tenue et sortit de l'alcôve, suivie plus lentement par Menolly.

Mirrim n'avait pas exagéré la quantité de travail qui les attendait. Le soleil venait tout juste de se lever, mais les chefs cuisiniers étaient à l'évidence levés depuis des heures à en juger par les pains — doux, épicés et amers — qui refroidissaient sur les tables. Deux hommes du weyr préparaient un énorme gibier pour le foyer principal et des wherries sauvages étaient nettoyés et farcis pour être rôtis plus tard dans les âtres secondaires.

Afin de mieux les protéger au milieu de cette cuisine affairée, quelqu'un avait placé une petite table au-dessus du panier contenant les œufs de lézards-de-feu. Ils se portaient bien, alentour le sable était impeccable et tiède. Felena aperçut Menolly, lui dit de prendre rapidement quelque chose à manger dans l'âtre où l'on préparait les sauces et lui demanda si elle savait ce qu'on pouvait faire de bon avec du poisson séché ? À moins qu'elle ne préfère aider à préparer les racines ?

Menolly choisit instantanément de cuire le poisson, aussi Felena lui demanda de quels ingrédients elle avait besoin. Elle fut un peu désemparée lorsqu'elle apprit la quantité qu'elle devait préparer. Elle n'imaginait pas qu'autant de gens viennent à une éclosion : leur nombre dépassait celui des habitants du fort du Demi-Cercle.

L'astuce qui permettait de donner bon goût au ragoût de poisson consistait en une cuisson prolongée, aussi Menolly s'appliqua-t-elle à préparer rapidement les immenses marmites pour leur laisser le temps de mijoter et d'atteindre le plein épanouissement de leurs saveurs. Elle fit preuve d'une telle efficacité qu'il restait encore une grande quantité de racines à éplucher quand elle eut fini.

L'excitation emplissait la caverne-cuisine. Le monticule de tubercules fondait devant Menolly pendant qu'elle écoutait le bavardage des autres femmes. On s'interrogeait beaucoup pour savoir qui des garçons, et des filles pour l'œuf de reine, marquerait les dragons qui naîtraient aujourd'hui.

— Personne n'a jamais marqué deux fois un dragon, dit l'une des femmes mélancoliquement. Vous pensez que Brekke va réussir ?

— Personne n'en avait eu l'occasion auparavant.

— Est-ce un risque que nous devons prendre ? demanda une autre.

— On ne nous a pas demandé notre avis, dit Sanra, fixant la dernière à avoir parlé. C'est l'idée de Lessa, mais ce n'était ni celle de F'nor, ni celle de Manora...

— Il faut bien l'aider, dit la première femme. Cela me fend le cœur de la voir étendue là, affalée comme une morte-vivante. Cela me rappelle la façon dont D'namal est parti. C'était comme si... eh bien... comme s'il s'était complètement évanoui.

— Si on finit vite d'éplucher ces racines, nous pourrons mettre cette casserole sur le feu, dit Sanra en se levant brusquement.

— On va manger tout ça ? demanda Menolly à sa voisine.

— Oui, absolument, et il y en aura qui en redemanderont, dit-elle avec un sourire supérieur. Les journées du marquage sont de grandes occasions. J'ai un adopté et un fils de sang sur le sol d'Éclosion aujourd'hui ! ajouta-t-elle avec une fierté compréhensible, puis tournant la tête, Sanra ! il suffit d'une casserole de bonne taille pour mettre ce qui reste.

Il fallut encore émincer les racines blanches, les recouvrir d'herbes et les placer dans des pots de terre pour les faire cuire. Les succulentes odeurs de la recette de poisson de Menolly lui valurent des compliments de Felena, responsable des divers foyers et fours. Puis Menolly, à qui on avait recommandé d'épargner ses pauvres pieds, aida à décorer les gâteaux aux épices. Elle gloussa avec les autres lorsque Sanra distribua à tous les parts de gâteau en disant qu'elles devaient s'assurer que la cuisson était correcte.

Menolly n'oublia pas de tourner les œufs de lézards-de-feu, ni de nourrir ses amis. Belle restait près de Menolly, mais on avait vu les autres se baigner dans le lac et prendre des bains de soleil, évitant Ramoth dont les beuglements ponctuaient la matinée.

— Elle est toujours comme ça le jour du marquage, dit T'gellan à Menolly pendant qu'il mangeait un morceau à sa table. Dis, est-ce que tu vas faire chanter tes lézards-de-feu ce soir ? On m'a traité de menteur parce que j'ai dit que tu leur avais appris à chanter.

— Ce sera peut-être difficile parce qu'ils peuvent être intimidés devant tant de monde, vous savez.

— Eh bien, nous attendrons que les choses se calment et puis nous ferons un essai, hein ? Et maintenant je veux te voir à l'éclosion. Vers le milieu de l'après-midi, je pense, alors sois prête.

Le déroulement des événements fit qu'elle ne le fut pas. Elle sentit le raclement avant même de l'entendre et s'arrêta de travailler ainsi que tous ceux de la caverne au fur et à mesure qu'ils prenaient conscience de ce bruit si fortement chargé d'émotion. Elle fut stupéfaite de constater que le bruit était le même que celui produit par les lézards-de-feu au moment de leur éclosion.

Elle n'eut pas le temps de retourner à son alcôve pour se changer car T'gellan apparut en lui faisant de grands gestes. Elle se dépêcha autant que ses pieds le lui permettaient en voyant Monarth attendre au-dehors. T'gellan lui avait déjà pris la main quand elle s'exclama en voyant les taches de sauce et les marques humides sur sa chemise.

— Je t'avais dit d'être prête. Je te mettrais dans un coin fillette, et personne ne remarquera ce genre de détails aujourd'hui, la rassura-t-il.

Avec un peu de dépit, elle constata qu'il était vêtu de pantalons sombres neufs, d'une tunique superbement brodée, d'une ceinture de métal ouvragé incrusté de joyaux, mais elle se laissa faire.

— Je dois te placer la première, parce que je dois ensuite accueillir certains visiteurs, dit T'gellan, grimpant avec aisance devant elle sur la crête du cou de Monarth. F'lar a rempli la salle d'Éclosion de tous ceux qui sont capables de monter un dragon dans l'Interstice.

Monarth était impressionnant en prenant son élan depuis le sol de la cuvette vers une immense ouverture, tout en haut des parois du weyr, que Menolly n'avait jamais remarquée auparavant. D'autres dragons s'y dirigeaient également. Elle eut le souffle coupé lorsqu'ils pénétrèrent dans la cavité, un dragon devant eux et un autre derrière, si proches qu'elle eut un instant peur d'une collision. Le sombre cœur du tunnel était éclairé à son extrémité, et soudain ils se trouvèrent dans la gigantesque salle de l'Éclosion.

Le quadrant nord du weyr tout entier devait être creux, pensa Menolly, impressionnée. Puis elle vit la couvée luisante des œufs de dragon et elle retint sa respiration. Légèrement sur le côté, il y avait un œuf plus grand, dominé par la silhouette dorée de Ramoth, entièrement consacrée à sa tâche, les yeux incroyablement brillants à l'approche du marquage.

Monarth plongea avec une soudaineté déroutante puis battit des ailes pour se poser en douceur sur une saillie.

— Tu y es, Menolly. La meilleure place de la salle. Je te rejoindrai plus tard.

Menoly était trop heureuse de s'asseoir tranquillement après ce vol incroyable. Elle était installée au troisième gradin sur la paroi extérieure et jouissait d'une vue parfaite donnant sur la salle d'Éclosion et l'entrée où le public commençait à se présenter en file indienne. Ils étaient tous si élégamment vêtus que gênée, elle frotta sans succès ses taches et croisa les bras sur sa poitrine. Au moins ses habits étaient-ils neufs.

D'autres dragons arrivaient par l'ouverture supérieure, déposaient leurs passagers, souvent trois ou quatre d'un coup. Elle observait le flot maintenant calme des visiteurs qui arrivait par l'entrée du bas. C'était amusant de regarder les dames élégantes et parfois trop richement vêtues qui devaient soulever leurs lourdes jupes et courir à petits pas maladroits sur le sable chaud. Les gradins se remplirent rapidement et le raclement excitant des dragons s'amplifia à un point tel que Menolly trouva difficile de rester assise tranquillement.

Un cri soudain annonça que des œufs commençaient

à bouger. Les derniers arrivants se hâtaient sur le sable et les sièges derrière Menolly furent occupés par des mineurs, à en juger par les accessoires brun-rouge de leurs tuniques. Elle croisa à nouveau les bras et puis les décroisa parce qu'elle dut se pencher pour voir au-delà des corps trapus de ses voisins.

De plus en plus d'œufs se balançaient, tous à l'exception des gris plus petits qui s'étaient trouvés repoussés contre la paroi intérieure.

Un autre battement d'ailes, et les dragons bronzes déposèrent les filles candidates à l'œuf de reine. Menolly essaya de deviner laquelle était Brekke, mais elles paraissaient toutes parfaitement éveillées et en pleine forme. L'une des femmes du weyr n'avait-elle pas fait remarquer à quel point Brekke avait l'air d'une morte-vivante ? Les filles formaient un demi-cercle lâche mais incomplet autour de l'œuf de reine tandis que Ramoth sifflait doucement derrière lui.

De jeunes garçons arrivaient à présent en marchant depuis la cuvette, l'air concentré, redressant les épaules dans leurs tuniques blanches en s'approchant de la couvée principales.

Menolly ne vit pas l'entrée de Brekke parce qu'elle était occupée à essayer de deviner lequel des œufs qui se balançaient désormais violemment allait éclore le premier. Puis l'un des mineurs s'exclama et pointa un doigt verts l'entrée, vers une mince silhouette hésitante, s'arrêtant, puis s'avançant, apparemment insensible aux sables brûlants sous ses pieds.

— Ce doit être elle. Ce doit être Brekke, dit-il à ses camarades. Un chevalier-dragon m'a dit qu'elle avait été désignée pour l'œuf.

Oui, pensa Menolly, elle marchait comme une

somnambule. Puis elle vit Manora et un homme qu'elle ne reconnut pas qui se tenaient près de l'entrée, comme s'ils avaient fait tout ce qu'ils avaient pu pour conduire Brekke dans la salle d'Éclosion.

Brusquement Brekke raidit les épaules en secouant la tête. Elle marcha lentement mais régulièrement sur le sable pour rejoindre les cinq jeunes filles qui attendaient près de l'œuf d'or. Une des filles se retourna et lui fit signe de prendre sa place, ce qui achèverait le demi-cercle.

Le fredonnement cessa si soudainement qu'une légère vague courut sur l'assemblée. Dans le silence tendu, le faible craquement d'une coquille se fit clairement entendre, suivi du bruit sec d'éclatement des autres.

Le premier bébé dragon, puis un autre, de maladroites, vilaines créatures luisantes, s'effondrèrent et roulèrent hors de leurs enveloppes, braillant et piaillant, leurs têtes en forme de coing trop grosses pour leurs cous sinueux, minces et courts.

Menolly remarqua à quel point les garçons étaient très calmes, aussi impressionnés qu'elle l'avait été dans la petite grotte avec ces minuscules lézards-de-feu qui rampaient hors de leurs coquilles, voraces, avides.

Maintenant la différence devenait évidente ; les lézards-de-feu n'avaient attendu aucune aide lors de leur éclosion, leur instinct leur commandait de remplir leurs estomacs qui réclamaient sauvagement de la nourriture aussi vite que possible. Mais les dragons regardaient autour d'eux, attendant quelque chose. L'un d'eux dépassa en trébuchant un garçon qui s'écarta de sa progression maladroite. Il tomba, nez en avant, aux pieds d'un grand garçon aux cheveux noirs. Celui-ci s'agenouilla, aida le petit dragon à retrouver son équilibre sur ses pieds tremblants, et plongea son regard dans les yeux arc-en ciel.

L'émotion étreignit Menolly. Bien sûr, elle avait ses lézards-de-feu, mais marquer un dragon... Stupéfaite, elle se demanda où étaient Belle, Rocky, Plongeur et les autres. Ils lui manquaient cruellement ; elle aurait voulu que Belle vienne la pousser affectueusement du nez, et même sentir la queue de la petite reine enserrer sa gorge de son étreinte presque étouffante.

Le craquement de la coquille dorée attira immédiatement l'attention de toute l'assistance. L'œuf s'ouvrit d'un seul coup jusqu'en son milieu et son occupante, protestant contre cette naissance brutale, chuta sur le dos. Trois jeunes filles avancèrent pour l'aider. Elles mirent la petite reine sur ses quatre pattes et reculèrent. Menolly retint sa respiration quand elles se tournèrent toutes vers Brekke qui semblait très loin de tout ce qui l'entourait. Quelle que fût la force qui l'avait soutenue sur les sables, elle l'avait désormais abandonnée. Les épaules étaient pathétiquement affaissées, la tête penchée de côté comme si elle avait été trop lourde à soutenir. La petite reine dragon tourna sa tête disproportionnée vers Brekke, les yeux énormes et brillants. Brekke secoua la tête comme si elle prenait conscience d'être observée. Le bébé dragon fit un pas en avant.

Menolly vit un bronze surgir et craignit un instant qu'il ne s'agisse de Plongeur. Mais c'était impossible car le petit bronze était suspendu juste au-dessus de la tête du bébé dragon, criant d'un air de défi. Il était si près de sa tête qu'elle recula avec un couinement de surprise et mordit l'air, étendant instinctivement les ailes en avant pour protéger ses yeux vulnérables.

Des dragons claironnèrent des avertissements depuis leurs perchoirs au sommet de la salle d'Éclosion, et Ramoth écarta ses ailes, se redressant comme si elle allait frapper l'intrus. L'une des jeunes filles interposa son corps entre la reine et son petit agresseur.

— Berd ! Arrête !

Brekke bougea aussi, les bras tendus en direction du bronze furieux.

La petite reine cria et enfouit sa tête dans la jupe de la jeune fille. Les deux femmes se firent face pendant un moment, tendues, troublées. Puis l'autre tendit la main vers Brekke, et Menolly put voir son sourire. Le geste ne dura qu'un instant parce que la jeune reine donna un coup de tête impérieux, et la jeune fille s'agenouilla, entourant de ses bras les épaules du jeune dragon pour le rassurer.

Brekke se détourna, alors l'expression somnolente de son visage disparut en même temps que sa peine. Elle repartit vers l'entrée de la caverne, le petit lézard bronze tournant autour de sa tête, avec des cris qui allaient du reproche à la prière, exactement comme Belle quand Menolly avait fait quelque chose qui l'avait bouleversée.

Menolly se rendit compte qu'elle pleurait lorsque ses larmes mouillèrent ses bras. Elle jeta un coup d'œil rapide pour voir si les mineurs s'étaient aperçus de quelque chose, mais ils étaient captivés par la couvée principale. D'après leurs commentaires, il semblait qu'un garçon avait été recruté pendant une quête dans l'un de leurs ateliers, et qu'ils attendaient avec impatience son tour de marquer. Pendant un court instant, elle ressentit de la colère à leur égard ; n'avaient-ils pas vu la délivrance de Brekke ? N'avaient-ils pas compris à quel point c'était merveilleux ? Ah, comme Mirrim allait être heureuse à présent !

Menolly se laissa aller lourdement en arrière contre les pierres, épuisée par cet émouvant miracle. Et le regard de Brekke quand elle était passée sous l'arche de l'entrée ! Manora était là, le visage radieux, les bras écartés en signe de joie. L'homme, qui était sûrement F'nor, prit Brekke dans ses bras, et son visage fatigué reflétait son soulagement et son bonheur.

Le cri de joie des mineurs à côté d'elle indiqua à Menolly que leur gars avait marqué bien qu'elle ne pût pas savoir avec certitude de quel garçon il s'agissait. Un trop grand nombre d'entre eux étaient maintenant appariés à des nouveau-nés aux jambes vacillantes, hurlant de faim, trébuchant et tombant à l'entrée. Les mineurs encourageaient leur favori ; et lorsqu'un garçon maigrichon aux cheveux bouclés passa devant eux, souriant en réponse à leurs acclamations, elle vit qu'il s'en était plutôt bien tiré en marquant un brun. Quand les mineurs se tournèrent vers elle pour partager leur exultation, elle s'arrangea pour y répondre convenablement, mais fut soulagée lorsqu'ils dévalèrent les gradins pour suivre le couple au-dehors.

Elle resta assise, se réjouissant de la résurrection de Brekke, de la détermination et de la bravoure de Berd, du courage dont il avait fait preuve en affrontant la colère de Ramoth en un tel moment. Pourquoi se demanda Menolly, Berd avait-il refusé que Brekke marque la nouvelle reine ? en tout état de cause, cette expérience avait sorti Brekke de sa léthargie.

Les dragons revenaient, atterrissant sur le sol de

l'Éclosion de manière que leurs cavaliers puissent aider les jeunes ou escorter les invités à l'extérieur. Les gradins se vidaient. Bientôt il n'y eut plus qu'un seul homme vêtu des couleurs d'un fort au premier gradin, encadré de deux garçons. Il paraissait aussi fatigué que Menolly elle-même. Alors, un des garçons se leva, désignant un petit œuf sur le sable qui ne bougeait même pas.

Menolly se dit vaguement qu'il n'éclorait peut-être pas, se souvenant de l'œuf laissé dans le sable du nid des lézards-de-feu le matin suivant l'éclosion. Elle l'avait agité et quelque chose de dur avait cogné à l'intérieur. Parfois il naissait des mort-nés au fort, elle en avait donc conclu que cela pouvait arriver également à d'autres créatures.

Le garçon courait le long du gradin. À l'extrême surprise de Menolly, il sauta sur le sol de l'Éclosion et commença à donner des coups de pied au petit œuf. Ses cris et son agitation attirèrent l'attention du seigneur du weyr et du petit groupe de candidats qui n'avaient pas marqué. Le seigneur du fort se redressa, étendant la main en un geste d'avertissement. L'autre garçon criait à l'adresse de son ami.

— Jaxom, qu'est-ce que tu fais ? hurla le seigneur du weyr.

Alors l'œuf se fendilla, et le garçon se mit à décortiquer la coquille, arrachant de gros morceaux et donnant des coups de pieds jusqu'à ce que Menolly pût voir une petite chose pousser l'épaisse membrane interne.

Jaxom coupa la membrane avec son poignard et un petit corps blanc, pas plus grand que le torse du garçon, tomba de l'enveloppe. Le gamin se précipita pour aider la créature à se mettre sur ses pattes. Le petit dragon blanc redressa la tête, ses yeux brillants, pailletés de vert et de jaune fixés sur le visage du garçon.

— Il dit que son nom est Ruth ! s'écria-t-il stupéfait et ravi.

Avec une exclamation étranglée, le vieil homme s'effondra sur le banc de pierre, son visage reflétant le désespoir. Le seigneur du weyr et ceux qui s'étaient précipités pour empêcher ce qui venait d'arriver s'arrêtèrent. Il parut évident à Menolly que le marquage du petit dragon blanc par Jaxom n'avait pas de précédent et était mal accueilli. Elle ne parvenait pas à imaginer pourquoi : le garçon et le dragon paraissaient radieux, qui pouvait leur refuser une union si joyeuse ?

CHAPITRE TREIZE

Harpiste, ton chant résonne douloureusement,
Bien que la mélodie en soit gaie.
Ta voix est triste et lourdes tes mains
Et ton regard se détourne du mien.

Lorsqu'il devint évident que T'gellan l'avait oubliée, Menolly descendit lentement les gradins et sortit de la salle d'Éclosion en traversant le sable brûlant.

Belle la retrouva à l'entrée, réclamant caresses et réconfort. Elle fut promptement suivie par les autres, piaillant nerveusement avec de nombreux piqués vers l'entrée pour voir si Ramoth était dans les parages.

Bien que Menolly n'eût pas beaucoup à marcher sur le sable, la chaleur eut tôt fait de pénétrer la semelle de ses chaussures et avancer était devenu pénible quand elle posa enfin les pieds sur le sol plus frais de la cuvette. Elle s'appuya contre l'un des côtés de l'ouverture et se laissa glisser sur le sol, entourée de ses lézards-de-feu en attendant que la douleur s'estompe.

Comme tout le monde était du côté de la caverne-cuisine, personne ne la remarqua, ce qui l'arrangeait car elle se sentait inutile et abrutie. La traversée de la cuvette vers les cuisines serait longue. Eh bien, il lui suffirait de l'accomplir en petites étapes.

Elle entendit de faibles cris de bétail à l'extrémité la plus éloignée de la vallée de la cuvette et aperçut Ramoth suspendue dans les airs, prête à tuer. Les femmes du weyr avaient dit qu'elle n'avait pas mangé depuis dix jours, ce qui expliquait en partie son humeur irascible.

Près du lac, on nourrissait et baignait les nouveau-nés et montrait à leurs cavaliers comment huiler leur peau fragile. De blanches tuniques évoluaient au milieu des luisantes écailles vertes, bleues, brunes et bronze. La petite reine était légèrement à l'écart des autres, accompagnée de deux bronzes. Elle ne put voir où se trouvait le dragon blanc.

Sur les saillies qui parsemaient les parois de la cuvette, quelques dragons étaient lovés dans le soleil couchant de l'après-midi. Au-dessus d'elle et sur sa gauche, Menolly vit le grand bronze Mnementh sur la corniche du weyr de la reine. Il était assis sur son arrière-train, regardant sa compagne choisir sa proie. Menolly le vit se déplacer un peu, jeter un coup d'œil par-dessus son épaule gauche. Puis elle aperçut la tête d'un homme qui descendait les degrés du weyr de la reine.

La voix de Felena s'élevant au-dessus du brouhaha des conversations ramena le regard de Menolly à la caverne-cuisine où les tables avaient été dressées pour les festivités de la soirée. Les chevaliers-dragons s'en chargeaient, car les couleurs brillantes de leurs plus belles tuniques se détachaient en se déplaçant au milieu des tons plus ternes des forts et des ateliers qui, bouquets immobiles, semblaient rester à une distance respectueuse des travailleurs.

L'homme qui descendait du weyr de la reine avait

maintenant atteint le sol de la cuvette, et Menolly le regarda paresseusement en entamer la traversée. Tante Une et Deux planèrent, piaillant à cause de quelque chose qui les avait perturbées et penchant la tête vers elle en quête de réconfort. Elles avaient besoin d'être huilées et elle se sentit coupable de ne pas mieux prendre soin d'elles.

— Tu as deux verts ? interrogea une voix amusée, et un homme de haute taille se tenait devant elle, le regard amical et intéressé.

— Oui, elle sont à moi, dit-elle et elle leva Deux vers lui pour qu'il l'examine, récompensant la bonté et la bonne humeur qui se dégageaient de son visage allongé. Ils aiment qu'on leur gratte le dessus des yeux, doucement, comme ça, ajouta-t-elle, en lui montrant.

Il mit un genou sur le sable et caressa aimablement Deux qui chanta et ferma les paupières de plaisir. Tante Une siffla pour attirer l'attention de Menolly, lui frappant la main de sa gueule, jalouse.

— Veux-tu bien cesser, vilaine !

Belle apparut, suivie de Rocky et Plongeur, houspillant tous les trois Tante Une avec une telle vigueur qu'elle s'envola.

— Ne me dis pas que la reine et les deux bruns sont aussi à toi ? demanda l'homme, surpris.

— J'en ai peur.

— Alors du dois être Menolly, dit-il, se relevant et lui faisant une telle révérence qu'elle rougit. Lessa vient de me dire que je pourrai avoir deux œufs de la couvée que tu as découverte. J'ai une préférence pour les bruns, tu sais, quoique je n'aurais vraiment rien contre un bronze. Bien sûr, les verts, comme cette dame, et il décocha un sourire si charmeur à Deux qu'elle chantonna, sont si adorables. Ce qui ne veut cependant pas dire que je refuserais un bleu.

— Vous ne voulez pas la reine ?

— Oh, ce serait faire preuve d'avidité, non ? Il se frotta la joue pensivement et lui lança un sourire mi-figue mi-raisin. Quoique, tout bien considéré, je serais sincèrement embarrassé si Sebell — mon compagnon de voyage doit recevoir l'autre œuf — avait la reine. Mais... et il leva ses longues mains au ciel pour indiquer qu'il s'en remettait au hasard. Tu as une raison d'attendre ici ? Ou cette pagaille de l'autre côté de la cuvette est-elle plus que ne peuvent supporter tous tes amis ?

— Je devrais être là-bas. Il faut faire tourner la couvée ; les œufs sont dans du sable chaud près de l'âtre ; mais T'gellan m'a conduite dans la salle d'Éclosion et m'a dit d'attendre....

— Et il semble qu'il t'ait oubliée. Ce n'est pas surprenant compte tenu des surprises de la journée.

L'homme s'éclaircit la gorge et lui tendit la main. Elle accepta son aide parce qu'elle n'aurait pas pu se lever sans elle. Il avait fait trois enjambées quand il s'aperçut qu'elle ne pouvait pas suivre. Poliment, il se retourna. Menolly essayait de marcher normalement, une prouesse qu'elle réussit à accomplir sur trois pas avant que son talon ne heurte si douloureusement un tas de cailloux qu'elle ne put retenir un cri. Belle arriva en tourbillonnant, protestant furieusement, et Rocky et Plongeur y ajoutèrent leurs pitreries, ce qui ne fut d'aucune aide pour personne.

— Prends mon bras. Es-tu restée trop longtemps sur le sable brûlant ? Une seconde. Tu es une grande fille, mais tu n'as que la peau sur les os.

Avant que Menolly ait pu protester, il l'avait prise dans ses bras et lui faisait traverser la cuvette.

— Dis à ta reine que j'essaye de t'aider, lui demanda-t-il quand Belle vint déranger ses cheveux argentés, lui plongeant dessus. Réflexion faite, assure-toi de me donner des œufs de verts.

Belle était trop excitée pour écouter Menolly, aussi dut-il agiter les bras autour de sa tête et de son visage pour se protéger. Il ne fut donc pas étonnant que leur arrivée à la caverne attire l'attention ; mais on s'écarta pour leur laisser le passage, s'inclinant avec tant de déférence que Menolly demanda qui était cet homme. Sa tunique était en étoffe grise avec juste une bande de bleu, il devait donc s'agir d'un harpiste ; probablement attaché au weyr de Fort à en juger par la garniture jaune qu'il portait au bras.

— Menolly, tu t'es fait mal aux pieds ? Felena apparut attirée par le remue-ménage. T'gellan t'a oubliée ? Il n'a aucune mémoire, que le diable l'emporte ! Comme c'est gentil à vous de l'avoir aidée, seigneur !

— N'en parlons plus, Felena. J'ai découvert qu'elle avait la charge des œufs de lézards-de-feu. Cependant, si vous aviez une coupe de vin... Ce travail m'a donné soif.

— Je peux me tenir debout, vraiment, seigneur, protesta Menolly, car quelque chose dans les manières de Felena lui disait que cet homme était trop important pour s'occuper d'une jeune fille aux pieds blessés. Felena, je n'ai pas pu l'en empêcher.

— Je n'ai fait que m'attirer des bonnes grâces, comme j'en ai l'habitude, lui dit l'homme et cesse de te débattre. Tu es trop lourde !

Felena rit de cette réponse en forme de plaisanterie

en les conduisant à la table de Menolly sous laquelle se trouvait le panier d'œufs.

— Vous êtes vraiment un homme redoutable, maître Robinton. Mais vous aurez votre vin pendant que Menolly va vous choisir les meilleurs œufs de la couvée. As-tu repéré l'œuf de la reine, Menolly ?

— Après les attaques de la reine de Menolly, je me sentirai plus à l'aise avec n'importe quelle autre couleur, Felena. Et maintenant va me chercher ce vin si tu es une bonne fille. Je suis complètement désséché.

Alors qu'il la déposait doucement sur sa chaise, Menolly entendait encore les remarques moqueuses de Felena, « ... un homme redoutable, maître Robinton... homme redoutable... maître Robinton... » Elle le regarda, incrédule.

— Et alors, que se passe-t-il, Menolly ? Mes efforts m'ont donné des boutons ? Il passa ses mains sur ses joues et son front et examina sa main. Ah, merci, Felana. Tu me sauves la vie. J'avais la langue presque collée au palais. À la tienne, jeune reine, et merci de ta courtoisie.

Il leva sa coupe vers Belle qui le fixait, perchée sur l'épaule de Menolly, l'enlaçant fermement de sa queue.

— Eh bien ? demanda-t-il gentiment à Menolly.

— Vous êtes le maître harpiste ?

— Oui, je suis Robinton, répondit-il sur le ton de la conversation, et il me semble que tu aurais besoin de vin, toi aussi.

— Non, je ne pourrais pas. Elle leva les mains en signe de refus. Cela me donne le hoquet. Et me fait dormir.

Elle n'avait pas voulu dire cela, mais elle se devait

232

d'expliquer pourquoi elle était assez discourtoise pour refuser son offre. Elle était péniblement consciente de sa chemise maculée, de ses habits et de ses chaussons tachés de sable, du désordre de sa tenue. Ce n'était pas ainsi qu'elle s'était imaginée sa première rencontre avec le maître harpiste de Pern, et elle baissa la tête gênée.

— Je conseille toujours de manger avant de boire, fit remarquer maître Robinton avec beaucoup de douceur. Je ne devrais pas m'en étonner, mais il me semble que cela représente la moitié du problème qui nous occupe pour l'instant, ajouta-t-il et puis il éleva la voix. Cette enfant meurt de faim, Felena.

Menolly secoua la tête, refusant sa suggestion et essayant de devancer Felena, mais celle-ci avait déjà ordonné à l'un des aides d'apporter du klah, un panier de pain et une assiette de viande coupée. Après avoir été servie, exactement comme l'une des femmes du weyr, Menolly garda la tête baissée sur sa coupe, soufflant pour en rafraîchir le contenu.

— Tu penses qu'il y en a assez pour un homme qui meurt de faim ? demanda le maître harpiste d'une voix rendue si faible et plaintive par sa prétendue faim que Menolly fut étonnée et leva les yeux.

Son expression était soudain si douce et émouvante qu'en dépit de son profond chagrin, elle lui sourit, répondant à ses facéties.

— J'aurai besoin de force pour le travail de ce soir, et il me faut quelque chose pour éponger tout ce que je vais boire, ajouta-t-il très calmement avec une pointe de contrariété.

Elle eut l'impression qu'il lui faisait partager ses responsabilités, mais fut surprise de sa mélancolie et de son anxiété. Tout le monde aurait certainement dû être heureux du weyr en un tel jour.

— Quelques tranches de viande sur un peu de ce bon pain, Robinton fit trembler sa voix comme celle d'un vieil oncle grincheux. Et... sa voix revint à son timbre normal de baryton, une coupe de bon vin de Benden pour les faire descendre...

À sa consternation, il se leva alors, le pain et la viande dans une main, le gobelet de vin dans l'autre. Il s'inclina devant elle avec une grande dignité puis, avec un sourire, il partit.

— Mais, maître harpiste, vos œufs de lézards-de-feu....

— Plus tard, Menolly. Je reviendrai les chercher plus tard.

Sa haute silhouette, dépassant de la tête l'activité bourdonnante de la cuisine, traversa la caverne, s'éloignant. Elle le regarda jusqu'à ce qu'il ait disparu au milieu des visiteurs, abasourdie, et certaine qu'elle n'oserait jamais demander au maître harpiste Robinton ce qu'il pensait de ses chansons. C'étaient de simples enfantillages, comme l'avaient toujours dit Yanus et Mavi : trop insignifiants pour retenir sérieusement l'attention d'un homme tel que Robinton.

Belle chantait doucement et donnait de petits coups de tête sur la joue de Menolly. Rocky sauta de son perchoir et se posa sur son épaule. Il lui caressa l'oreille fredonnant sur un ton réconfortant. C'est ainsi que la trouva Mirrim qui la tira de son apathie pour lui faire partager son bonheur.

— Tu l'as vue ? Tu étais dans la salle d'Éclosion ? J'étais si terrifiée que je n'ai pas osé regarder, dit Mirrim, sans plus trace d'anxiété sur son visage radieux.

J'ai fait manger Brekke, la première nourriture qu'elle ait avalée depuis des jours. Et elle m'a souri, Menolly. Elle m'a souri, et elle m'a reconnue. Elle va aller parfaitement bien. Et F'nor a mangé chaque morceau de rôti de wherry que je lui ai apporté. Elle gloussa, redevenue une espiègle jeune fille, et non plus Mirrim-Felena ou Mirrim-Manora. J'ai aussi chipé les meilleures tranches bien épicées du blanc de wherry. Et, tu sais, il n'en a pas laissé une miette ! Il va probablement se rendre malade à la fête à force de se goinfrer. Ensuite je lui ai dit de faire descendre ce pauvre Canth pour qu'il mange parce que ce dragon ne va pas tarder à devenir transparent. Elle baissa la voix pour poursuivre respectueusement. Canth a essayé de protéger Wirenth de Prideth, tu sais. Tu peux imaginer ça ? Un brun qui protège une reine ! C'est aussi parce que F'nor aime tant Brekke. Et maintenant tout va bien. Vraiment bien. Alors raconte-moi.

— Te raconter ? Quoi ?

Le visage de Mirrim refléta son irritation.

— Raconte-moi exactement ce qui s'est passé quand Brekke est entrée dans la salle d'Éclosion. Je t'ai dit que je n'avais pas osé regarder moi-même.

Menolly lui raconta. Et lui raconta jusqu'à ce qu'elle n'ait plus de réponses à fournir à l'avalanche de questions détaillées que Mirrim trouvait à lui poser.

— Et maintenant dis-moi pourquoi tout le monde était aussi contrarié au sujet du marquage de ce dragon blanc par ce Jaxom. Le dragon serait mort si Jaxom n'avait pas brisé la coquille et ouvert le sac.

— Jaxom a marqué un dragon ? Je ne savais pas ! Les yeux de Mirrim s'écarquillèrent de consternation.

Oh ! mais pourquoi cet enfant a-t-il fait une chose aussi affreuse !

— Pourquoi est-ce affreux ?

— Parce qu'il doit être seigneur du fort de Ruatha, voilà pourquoi.

Menolly était un peu agacée par l'impatience de Mirrim et elle lui fit savoir.

— Eh bien, il ne peut pas être à la fois seigneur du fort et chevalier-dragon. On ne t'apprend donc rien dans ton fort ?

— À propos, j'ai vu le harpiste du demi-cercle, il me semble qu'il s'appelle Elgion. Je dois lui dire que tu es ici ?

— Non !

— Bon, pas la peine de me manger !

Et Mirrim sortit de mauvaise humeur.

— Menolly, tu me pardonnes ? J'ai complètement oublié de revenir te chercher, dit T'gellan, fonçant vers la table avant que Menolly n'ait eu le temps de reprendre son souffle. Écoute, le maître mineur est supposé avoir deux œufs. Il ne peut pas rester jusqu'à la fin de la fête, il va donc falloir que nous lui bricolions quelque chose pour qu'il les ramène chez lui. Et aussi pour le reste des œufs. Non, ne te lève pas. Eh, toi, viens servir de pieds à Menolly, ordonna-t-il en faisant signe à l'un des garçons du weyr.

Menolly passa donc la plus grande partie de cette soirée dans la caverne-cuisine à coudre des sacs de fourrure pour transporter les œufs en toute sécurité dans l'Interstice. Mais elle pouvait entendre les réjouissances et faisant un réel effort, elle se força à apprécier les chants. Cinq harpistes, deux tambours et trois flûtistes constituaient l'orchestre de la fête du marquage. Elle pensa reconnaître la puissante voix de ténor d'Elgion dans une chanson, mais il était peu probable qu'il vienne la chercher au fond de la caverne-cuisine.

Sa voix lui donna un instant le mal du pays, la nostalgie des vents marins et de l'air salé ; un court instant, elle regretta sa caverne solitaire, juste un court instant. Ce weyr était l'endroit qu'il lui fallait. Ses pieds seraient bientôt guéris ; elle n'aurait plus à jouer la vieille-tante-assise-au-coin-du-feu. Comment allait-elle se faire une place ? Felena avait suffisamment de cuisiniers, et le weyr, habitué à manger de la viande quand il le désirait, aurait-il souvent envie de poisson ? Même si elle connaissait plus de manières de le préparer que quiconque ? Quand elle y réfléchissait, vider les poissons était la seule chose dans laquelle elle excellait. Non, il ne fallait plus penser à la musique. Il devait bien y avoir quelque chose qu'elle pourrait faire.

— Es-tu Menolly ? lui demanda un homme hésitant.

Elle leva les yeux et vit l'un des mineurs avec lesquelles elle avait partagé son gradin au marquage.

— Je suis Nicat, maître-mineur du fort de Crom. La dame du weyr Lessa m'a dit que je pouvais avoir deux œufs de lézards-de-feu.

Au-delà de ses manières un peu raides, Menolly sentait qu'il contenait une folle impatience de tenir ses œufs de lézards-de-feu.

— C'est exact, monsieur, ils sont juste ici, dit-elle, lui adressant un chaleureux sourire et lui indiquant le panier protégé par la table.

— Eh bien, ma parole, et ses manières se détendirent, tu ne prends aucun risque, n'est-ce pas ?

Il l'aida à déplacer la table et l'observa avec nervosité tandis qu'elle balayait la couche supérieure de sable afin de dégager le premier œuf.

— Je pourrais avoir un œuf de reine ?

— Maître Nicar, Lessa vous a expliqué qu'il n'y a aucun moyen de distinguer les œufs de lézards-de-feu, dit T'gellan, les rejoignant au grand soulagement de Menolly. Bien sûr, elle pourrait connaître un moyen...

— Elle pourrait ? maître mineur Nicat la regarda avec surprise.

— Elle en a marqué neuf, vous savez.

— Neuf ? Maître Nicat fit la grimace et elle pouvait lire dans son esprit : neuf pour une enfant, et seulement deux pour le maître mineur ?

— Choisis-en deux des meilleurs pour maître Nicat, Menolly ! Nous ne voulons pas qu'il soit déçu.

Bien que le visage de T'gellan fût sérieux, Menolly vit l'expression de ses yeux. Elle s'arrangea pour se comporter avec la dignité requise et fit semblant de choisir les bons œufs pour maître Nicat, étant certaine de toute façon que l'œuf de reine irait au maître harpiste Robinton.

— Et voilà, monsieur, dit-elle, tendant au maître mineur Nicat le sac de fourrure et son précieux contenu. Il vaut mieux que vous les portiez dans votre veste de vol, à même la peau, pendant le voyage de retour.

— Et ensuite, qu'est-ce que je fais ? demanda maître Nicat avec humilité en tenant le sac à deux mains contre sa poitrine.

Menolly jeta un coup d'œil à T'gellan, mais les deux hommes la regardaient. Elle avala sa salive.

— Eh bien, je ferais exactement la même chose que nous faisons ici. Gardez-les près de l'âtre dans un

238

solide panier, avec soit des fourrures, soit du sable chaud. La dame du weyr a dit qu'ils arriveraient à éclosion dans à peu près une huitaine. Nourrissez-les dès qu'ils sortent de leur coquille, autant qu'ils pourront manger, et parlez-leur sans arrêt. Il est important de...

Elle s'interrompit : comment pouvait-elle dire à cet homme au visage si dur qu'il fallait être doux et affectueux...

— ...Vous devez les rassurer constamment. Ils sont nerveux quand ils sortent de l'œuf. Vous avez vu les dragons aujourd'hui. Touchez-les et caressez-les...

Le maître mineur hochait la tête tout en enregistrant ses instructions.

— Ils doivent être baignés tous les jours, et leur peau doit être huilée. On peut toujours voir si une crevasse va se développer à partir de taches sur les écailles de la peau. Et ils n'arrêtent pas de se gratter...

Maître Nicat se tourna vers T'gellan, interrogateur.

— Oh, Menolly sait ce qu'il faut faire. D'ailleurs, ses propres lézards chantent avec elle et tout ça...

L'assurance de T'gellan ne parut pas convenir à Nicat.

— Oui, mais comment les faites-vous venir à vous ? demanda-t-il d'un ton plein de sous-entendus.

— Vous leur donnez « envie » de venir vers vous, dit Menolly avec une telle fermeté qu'elle s'attira un autre des intimidants froncements de sourcils du mineur.

— La douceur et l'affection, maître Nicat, sont les ingrédients essentiels, dit T'gellan avec autant de force. Mais je vois que T'gran attend de vous raccompagner à Crom, vous et vos lézards-de-feu.

Et il raccompagna le maître mineur. Quand il revint auprès de Menolly, ses yeux pétillaient.

— Je te parie ma nouvelle tunique qu'il n'aura pas de lézards-de-feu. Genre balourd sans cœur, voilà ce qu'il est. Quel abruti !

— Vous n'auriez pas dû dire que mes lézards-de-feu chantent avec moi.

— Pourquoi pas ? T'gellan fut surpris, Mirrim n'en a pas fait autant avec les siens, pourtant elle les a depuis plus longtemps. J'ai dit... Ah, oui, maître, F'lar a effectivement dit que vous deviez avoir un œuf de lézard-de-feu.

Et la soirée s'écoula ainsi, avec une succession de gens impatients des forts et des ateliers ayant la chance d'emporter les précieux œufs. Quand il ne resta plus que ceux de maître Robinton dans le sable chaud du panier, Menolly s'était résignée à entendre T'gellan souffler à tout le monde qu'elle avait appris à chanter à sa bande de lézards-de-feu. Heureusement personne ne lui demanda une démonstration, car ses amis épuisés étaient lovés sur leurs perchoirs. Ils ne s'étaient pas réveillés malgré les rires et les chants des tables en fête de la cuvette.

Le harpiste Elgion prenait grand plaisir aux festivités du marquage. Il ne s'était pas rendu compte avant ce soir à quel point la vie au Demi-Cercle était austère. Yanus était un brave homme, un bon seigneur de Mer à en juger par le respect qu'il inspirait aux habitants de son fort, mais il ne faisait aucun doute qu'il s'y entendait pour ôter toute joie à l'existence.

Alors qu'Elgion était assis dans la salle d'Éclosion, regardant les jeunes garçons marquer, il avait résolu de se trouver une couvée de lézards-de-feu. Cela allégerait la tristesse du Demi-Cercle. Et il veillerait à ce qu'Alemi ait lui aussi un œuf. Il avait entendu dire par ses voisins de gradins que la couvée qui serait distribuée ce soir aux plus chanceux avait été trouvée par T'gellan sur la côte proche du fort de Mer du Demi-Cercle. Elgion s'était promis d'avoir un entretien avec le chevalier-bronze ; mais T'gellan avait dû emmener un autre passager sur Monarth lorsqu'il était passé prendre Elgion au Demi-Cercle et l'occasion ne s'était pas présentée. Il ne l'avait pas revu depuis l'éclosion, mais il attendait le bon moment.

Oharan, le harpiste du weyr, lui avait demandé de jouer du guitar avec lui pour distraire les visiteurs. Elgion venait juste de finir une chanson avec Oharan et quelques harpistes en visite lorsqu'il aperçut T'gellan qui aidait un artisan à monter un dragon vert. C'est alors qu'il se rendit compte que le nombre des invités allait en diminuant et que cette soirée exceptionnelle touchait à sa fin. Il devait parler à T'gellan, et aussi trouver le maître harpiste.

— Par ici, l'ami, dit-il, faisant signe au chevalier-bronze.

— Ah, Elgion, une coupe de vin, s'il vous plaît. Je suis desséché à force de parler. Non que cela fasse le moindre bien à tous ces abrutis. Ils n'entendent rien aux lézards-de-feu.

— J'ai entendu dire que vous aviez trouvé la couvée. Ce n'était pas dans cette caverne près des roches du Dragon, par hasard ?

— Près des roches du Dragon ? Non. Plus bas sur la côte, en fait.

— Alors il n'y avait rien d'autre ?

— Elgion était si amèrement déçu que T'gellan le regarda attentivement.

— Ça dépend de ce que vous attendiez. Pourquoi ? Qu'est-ce que vous pensiez qu'il y aurait dans cette grotte à part des œufs de lézards ?

Elgion se demanda un instant s'il devait trahir la confiance d'Alemi. Mais savoir si ce qu'il avait entendu dans cette grotte provenait ou non d'une flûte de Pan était devenu un problème d'ordre professionnel.

— Le jour où Alemi et moi avons vu cette grotte du bateau, j'aurais pu jurer avoir entendu jouer de la flûte. Alemi affirma que c'était le vent qui soufflait dans les cavités de la falaise, mais il n'y avait pas assez de vent ce jour-là.

— Non, dit T'gellan, voyant là une chance de taquiner le harpiste, vous avez bien entendu une flûte. Je l'ai vue quand j'ai fouillé cette grotte.

— Vous avez trouvé une flûte ? Où était le joueur ?

— Asseyez-vous. Pourquoi êtes-vous si excité ?

— Où est ce joueur ?

— Oh, il est ici, au weyr de Benden.

Elgion se rassit, si déçu que T'gellan cessa de le taquiner.

— Vous vous souvenez du jour où nous vous avons sauvé des Fils ? T'gran a ramené aussi quelqu'un d'autre.

— Le joueur ?

— Ce n'était pas « un » joueur. C'était une fille. Menolly. Elle vivait dans la grotte... Et alors, qu'est-ce-qui vous prend ?

— Menolly ? Ici ? En vie ? Où est le maître harpiste ? Je dois trouver maître Robinton ? Venez, T'gellan, aidez-moi à le trouver !

L'excitation d'Elgion était contagieuse et, malgré son incompréhension, T'gellan se joignit à la recherche.

Plus grand que le jeune harpiste, T'gellan repéra maître Robinton en grande conversation avec Manora à une table isolée.

— Monsieur, monsieur, j'ai trouvé la fille ! cria Elgion, se ruant sur eux.

— Ah oui ? L'amour de votre vie ? demanda aimablement Robinton.

— Non, monsieur. J'ai trouvé l'apprenti de Petiron.

— Une fille ? L'apprenti du vieil homme était une fille ?

Elgion fut récompensé par la surprise du maître harpiste et il lui saisit la main pour l'entraîner avec lui à la recherche de Menolly.

— Elle s'est enfuie du fort parce qu'ils ne voulaient pas la laisser jouer de la musique, je pense. C'est la sœur d'Alemi...

— Qu'est-ce que c'est que toutes ces histoires au sujet de Menolly ? demanda Manora, leur barrant le passage.

— Menolly ? Robinton leva la main pour faire taire Elgion. Cette adorable enfant avec neuf lézards-de-feu ?

— Que voulez-vous à Menolly, maître Robinton ? La voix de Manora était si sévère que le harpiste se raidit.

Il prit une profonde inspiration.

— Ma très chère et respectée Manora, le vieux Petiron m'a envoyé deux chansons écrites par son « apprenti » ; deux des plus belles mélodies que j'aie jamais entendues au cours de tous mes cycles consacrés à la musique. Il demandait si elles avaient quelque valeur... Robinton leva un sourcil au ciel pour réclamer un peu de patience. J'ai répondu immédiatement,

243

mais le vieil homme était mort. Elgion trouva le message toujours scellé quand il arriva au fort, et par la suite il ne put trouver l'apprenti. Le seigneur du fort lui raconta une histoire à propos d'un adopté qui était retourné à son fort d'origine. Mais qu'est-ce qui vous peine, Manora ?

— Menolly. Je savais que quelque chose avait brisé le cœur de cette enfant, mais je ne savais pas quoi. Elle n'est peut-être plus capable de jouer, maître Robinton. Mirrim dit qu'elle a une horrible cicatrice à la main gauche.

— Elle peut, elle peut jouer, dirent ensemble Elgion et T'gellan.

— J'ai entendu le son d'une flûte de Pan qui venait de cette grotte, dit Elgion précipitamment.

— Je l'ai vue cacher cette flûte quand nous sommes allés nettoyer la caverne, ajouta T'gellan. En outre, elle a aussi appris à chanter aux lézards-de-feu.

— Ah oui ! Les yeux du maître harpiste s'illuminèrent et il se tourna décidé vers la caverne-cuisine.

— Pas si vite, maître harpiste, dit Manora. Il faut y aller doucement avec cette enfant.

— Oui, je m'en suis déjà rendu compte quand nous bavardions tout à l'heure, et maintenant je sais ce qui la bloquait. Mais comment procéder avec tact ?

Robinton fronça les sourcils et fixa si longtemps T'gellan que le chevalier-bronze se demanda quelle bévue il avait pu commettre.

— Comment savez-vous qu'elle a appris à chanter aux lézards-de-feu ?

— Eh bien, ils chantaient avec elle et Oharan hier soir.

— Hmmm, voilà qui est très intéressant. Voici ce que nous allons faire.

Menolly était maintenant fatiguée, et la plupart des visiteurs étaient partis. Pourtant le maître harpiste n'était toujours venu prendre ses œufs. Elle ne voulait pas partir avant de l'avoir revu. Il avait été si gentil ; elle se rappelait leur rencontre avec émotion. Il lui était difficile de croire que le maître harpiste de Pern l'avait portée, elle, Menolly de... Menolly des Neuf Lézards-de-Feu. Elle posa ses coudes sur la table et posa son menton dans ses mains, sentant la grossière cicatrice contre sa joue gauche et s'en moquant complètement pour le moment.

Tout d'abord, elle n'entendit pas la musique, elle était douce, comme si Oharan jouait pour lui-même à une table voisine. Bien, il n'y avait pas de mal à chanter. Cela l'aiderait à se tenir éveillée en attendant l'arrivée du maître harpiste. Aussi se joignit-elle à lui. Belle et Rocky s'éveillèrent au son de sa voix, mais Rocky se rendormit après une protestation grincheuse. Toutefois, Belle se laissa tomber sur son épaule, mêlant le fluide soprano de sa voix à celle de Menolly.

— Chante un autre couplet, Menolly, dit Manora en émergeant des ombres profondes de la caverne.

Elle s'installa en face de Menolly, elle paraissait lasse, mais en même temps heureuse et paisible. Oharan frappa les cordes et entama le second couplet.

— Ma chérie, tu as une voix si apaisante, dit Manora lorsque le dernier accord finit de résonner. Chante-moi une autre chanson et je m'en irai.

Menolly pouvait difficilement refuser ; elle jeta un coup d'œil à Oharan pour voir ce qu'elle devait chanter.

— Chante celle-ci avec moi, dit le harpiste du weyr, les yeux fixés sur Menolly tandis que ses doigts frappaient un accord d'ouverture.

Menolly connaissait cette chanson, dont le rythme était si communicatif qu'elle commença à chanter avant de comprendre pourquoi elle lui était si familière. De plus elle était fatiguée et ne s'attendait pas à un piège de la part d'Oharan et encore moins du Manora. C'est pourquoi elle ne se rendit pas tout de suite compte de ce que jouait Oharan. C'était l'une des deux chansons qu'elle avait gravées sur cire pour Petiron, celles qu'il avait dit avoir envoyées au maître harpiste. Elle s'interrompit.

— Oh, ne t'arrête pas de chanter, Menolly, dit Manora, c'est une si jolie chanson.

— Peut-être pourrait-elle jouer sa propre chanson, dit quelqu'un qui se tenait dans l'ombre derrière elle.

— Le maître harpiste s'avança, lui tendant son propre guitar.

— Non, NON !

Menolly, à demi levée, cacha ses mains derrière son dos. Belle jeta un cri surpris et enroula sa queue autour de son cou.

— Tu ne voudrais pas la jouer, s'il te plaît... pour moi ? demanda le harpiste en l'implorant du regard.

Deux autres personnes émergèrent de l'obscurité : T'gellan, le visage barré d'un immense sourire, et Elgion ! Comment savait-il ? D'après la lueur de son regard, il était heureux et fier. Menolly eut peur et enfouit son visage, confuse. Comme ils l'avaient bien eue !

— N'aie pas peur maintenant mon enfant, dit aussitôt Manora, prenant le bras de Menolly et la ramenant doucement vers sa chaise. Il n'y a plus aucune raison d'avoir peur : ni pour toi-même ni pour ton exceptionnel don musical.

— Mais je ne peux pas jouer..

Elle leva sa main. Robinton la prit dans les siennes, passant doucement un doigt sur la cicatrice pour l'examiner.

— Tu peux jouer, Menolly, dit-il calmement, plongeant son regard bienveillant dans le sien, tout en continuant à caresser sa main, comme il aurait caressé Belle. Elgion t'a entendue jouer de la flûte dans la grotte.

— Mais je suis une fille... dit-elle. Yanus m'a dit...

— À ce sujet, répondit le maître harpiste avec quelque impatience, quoique en souriant toujours tandis qu'il parlait, si Petiron avait eu assez de bon sens pour me dire que c'était là le problème, cela t'aurait épargné beaucoup d'angoisse, et cela m'aurait sûrement évité la peine considérable de te rechercher à travers tout Pern. Tu ne veux pas être harpiste ?

Robinton posa sa question sur un tel ton de regret et de désespoir que Menolly se devait de le rassurer.

— Oh si, si. Je veux faire de la musique plus que tout au monde...

Sur son épaule, Belle envoya un trille mélodieux et Menolly retint brusquement son souffle, désespérée.

— Qu'est-ce qu'il y a encore ? demanda Robinton.

— J'ai des lézards-de-feu. Lessa a dit que ma place était au weyr.

— Lessa ne supportera pas neuf lézards-de-feu chantant dans son weyr, dit le harpiste sur un ton qui n'acceptait pas de contradiction. Et leur place est à mon atelier de harpe. Tu as un ou deux tours à m'apprendre, ma petite. Il lui fit un grand sourire avec tant de malice dans le regard qu'elle le lui rendit craintivement. Maintenant, et il pointa un doigt sur elle, misérieux, mi-moqueur, avant que tu ne puisses penser à d'autres obstacles, arguments ou empêchements quelconques, veux-tu emballer gentiment mes œufs de lézards-de-feu, rassembler tes affaires ? Et en route pour l'atelier de harpe ! Cette journée a été riche en fatigues diverses.

Sa main pressa les siennes de façon rassurante, et la bonté de son regard lui demandait d'accepter. Tous les doutes et toutes les craintes de Menolly s'envolèrent à l'instant même.

Belle poussa un cri, relâchant l'emprise de sa queue sur le cou de Menolly. elle cria à nouveau, réveillant le reste de la bande, sa voix répondant en écho à la joie de Menolly. Celle-ci se leva lentement, sa main agrippa le harpiste pour y chercher appui et assurance.

— Oh, c'est avec joie que je viendrai, maître Robinton, dit-elle ; les yeux embués de larmes de bonheur.

Et neuf lézards-de-feu claironnèrent en chœur leur approbation !

*Achevé d'imprimer en septembre 1999
sur les presses de l'Imprimerie Bussière
à Saint-Amand (Cher)*

POCKET - 12, avenue d'Italie - 75627 Paris Cedex 13
Tél. : 01-44-16-05-00

— N° d'imp. 1674. —
Dépôt légal : août 1993.

Imprimé en France